記号論から見た俳句

開拓社
言語・文化選書
78

記号論から見た俳句

有馬道子 著

開拓社

は し が き

　俳句は日本人の暮らしの中から生まれてきた世界でもっとも短い詩である。本書は，それがどのようなものであるか，日本語・日本文化との関係において具体的に見てみようとするものである。

　よく知られているように，文化の中核は言語である。そして詩は散文よりもより深く無意識の層に関係すると考えられている。それでは，日本文化の中核である日本語には，そしてその最短詩形である俳句には，どのような日本文化の無意識の特質がどのように隠されているのだろうか。

　まず第1章では，長年にわたって日本の社会において好まれてきた伝統的な日本語・日本文化の具体的なかたちについて，そこにどのような特質が見いだされるか，なぜそのような特質が志向されてきたのか，ということについて考えてみたいと思う。

　第2章では，日本語の俳句のかたちと意味について，第1章で論じた日本語・日本文化の特質との関係において，具体的に見ていくことにする。

　第3章では，俳句のこれまでの歴史的発展とそのかたちについて，特に芭蕉・蕪村・一茶・子規という人たちによる創造的な取り組みとその意味について，今日の視点から概観する。また，かつて長年にわたって男性中心であった俳句の世界が，20世紀

後半以降，男性よりも多くの女性によって占められるようになってきたのは何故なのか。そのことによって，俳句に何らかの変容が生じているとすれば，それはどのようなことなのだろうか，見てみたいと思う。

　最後の第4章においては，近年ますます高い関心を呼びつつある「ハイク（Haiku）」について，すなわち日本語・日本文化にとって異文化である海外のハイクについて，それがどのようなものであるのか，英語ハイクの場合を例として具体的に見ることにしたい。

　正岡子規による明治の俳句革新運動から100年以上の歳月を経ている今日，俳句に関心のある人は多く，芭蕉をはじめとするすぐれた作家・作品についての解説書も数多く公刊されている。しかし人々の暮らしとともに俳句はどのように変化してきたのだろうか。俳句と日本語・日本文化・異文化との関係について論じたものはそれほど多くは見られないのが現状である。

　本書では，「俳句」が日本語・日本文化のエッセンスをかたちにしたものとなっていることについて論じてみたいと思う。そして「ハイク」が国際社会の中でそれぞれの文化にとって必要なかたちとなっていることについて，英語ハイクの場合を例として見ることにしたい。

目　　次

はしがき　*v*

第 1 章　日本語・日本文化 ……………………………………… *1*

1.1.　自然性　*4*

1.2.　無常・儚さ・幽玄・枯淡　*9*

1.3.　無標性・多義性　*15*

1.4.　未完性・間接性　*21*

1.5.　モンタージュ・点的論理・アブダクション　*25*

1.6.　コンテクスト依存性──定型・抑制・思いやり・「間」のリズム　*35*

　1.6.1.　定型　*37*

　1.6.2.　抑制──我慢・機が熟するのを待つ　*40*

　1.6.3.　思いやり　*43*

　1.6.4.　「間」のリズム　*45*

第 2 章　俳句と「日本語・日本文化」……………………………… *49*

2.1.　「五七五」の定型と「間」のリズム　*60*

2.2.　季語と多くの暗黙の約束事　*70*

2.3.　切れ字と断続的連続性　*83*

2.4.　文語と歴史的仮名遣い　*89*

2.5.　結社と句会など　*95*

vii

viii

第3章 革新される俳句 ……………………………… *105*

  3.1. 松尾芭蕉（1644-1694） *108*

  3.2. 与謝蕪村（1716-1783） *117*

  3.3. 小林一茶（1763-1827） *124*

  3.4. 正岡子規（1867-1902） *133*

  3.5. 近現代俳句 *147*

第4章 ハイクと異文化 ……………………………… *153*

  4.1. イマジズム *155*

  4.2. モンタージュと俳句 *162*

  4.3. 英語ハイク *165*

あとがき ……………………………………………… *179*

参考文献 ……………………………………………… *183*

索　引 ……………………………………………… *191*

第1章

日本語・日本文化

「あるものが他の何かを意味する」とき，それは「記号」と呼ばれる。黒雲は降雨の記号，山鳴りは地震や噴火の記号，抱擁は親愛の情の記号，「ありがとう」という言葉は感謝の記号となりうるように。

人間にとっての記号には自然と文化の記号があり，その文化の記号には言語記号と非言語記号がある。しかし自然の記号であると思われる太陽・月・星・雨・風などに関係する現象も，人間がそれに注意を向けた時には，すでにそれはもはや単なる自然現象ではなくなっている。それは，ある状況の中にいる人間にとっての自然現象，すなわち「文化の記号」となっている。文化の記号の中核を占めているのは，それぞれの言語社会の人間が生きていくために必要とされる概念を記号化して出来上ってきた社会的慣習としての「言語記号」である。

言語記号の意味は，いろいろな場で用いられ解釈される言葉の意味として表されている。そして，非言語記号と呼ばれる言語以外の記号，すなわち衣・食・住・身振り・表情・距離の取り方等の記号の意味もまた，それぞれの非言語記号が用いられ解釈されるときの意味として表されている。

たとえば同じ「青」という言語記号であっても，「青野菜」「青葉」「青信号」などの「青」は今日では「緑」と呼ばれる色をさしており，ここに用いられている「青」は語源的には「緑」と「青」が社会的にはまだ未分化であった頃のものである。

第1章　日本語・日本文化　　3

　このように単語一つについて見ても，人々の生活の中での必要度に応じて概念の区別もなされているということがわかってくる。ということは，生活形態や自然環境などの変化によって，概念として識別する必要性が高くなった記号はその相違を表すための相違する記号として表され，そのような相違を識別する必要性がなくなったり低くなったりした記号は次第にその区別を失っていくということになる。そのために，言語記号も非言語記号も時代とともに変化していくことになる。

　しかし記号表現は同じであっても，文脈や場から意味の相違が明らかになる場合も多い。たとえば「考えが青い」「青臭い考え」などという語句に見られる「青」は，熟した果実の赤に対して，まだ未熟な果実の色を暗示している。それが，青い草木→若い草木（若い人間）→青木（青年・青春）→成熟（熟年）→赤く熟した果実（熟年）というように，植物と人間という相違する領域において並行して見られる類似性によって働く連想であるメタファー（＝相違する領域における類似関係）によって意味が拡張発展する。人間の記憶力に過重な負担をかけないために，なるべく言葉の数を増やさずに多様な意味を経済的に表す工夫の一つとして，このような類似性によるメタファー（Metaphor）や近接性（＝何らかの接点のある関係）によるメトニミー（Metonymy）が言語記号ではよく発達している。たとえば「バッハの作品が好きです」というのを「バッハが好きです」と言ったり，「今日は学校で授業がある」というのを「今日は学校がある」というのは，メトニミーである（メタファーとメトニミーについては，池上（2006）等を参照）。

この第 1 章では，伝統的な日本語・日本語文化において好まれてきたいくつかの解釈の特徴について具体的に見ることにしたい。それによって，「伝統的な日本人の心」ともいえる日本語・日本文化の解釈の基本的特性がいくらか具体的に明らかになるのではないかと思う。

1.1.　自然性

日本は「豊葦原千五百秋瑞穂国（とよあしはらのちいほあきのみづほのくに）」（「日本書紀」神代）と呼ばれるように，何よりも「葦原にあるみずみずしい稲の穂の収穫の季節が千年も五百年も長く続くところ」であった。日本人は，これまで長い間，自分たちに与えられてきた自然環境から多くの自然の恵みを受けながら暮らしてきた。しかし他方においては地震・津波・台風・洪水など，繰り返される大きな自然災害におびえながら暮らしてきたのでもあった。

近年になって工業化が進んでからも，台風シーズンは勿論のこと，そうでないときにも私たちは絶えず自然の大きな影響下にあって，季節ごとに襲ってくる豪雨，豪雪，洪水，雷，突風，干ばつ等におびえながらも，それと同時に季節の変化と共に移ろいゆく自然の姿を見つめ，かすかに漂う梅の香に待ち望んだ春の訪れを感じとり，咲いたかと思えば夜半の嵐にあっけなく散ってしまう桜のはかない美しさを愛でて花見の宴を張り，夏の夕べのホタル狩り，秋の紅葉狩り，冬の雪見 … と自然を愛で自然を頼り

とし，畏怖し，友として親しみ，自然相手に一喜一憂しながら暮らしてきたのであった。

　現代生活にあって農業や漁業に従事していない都会の住人であっても，日本の風土で暮らす限りは，時に優しく穏やかで，時に凶暴で変わりやすい自然の力を考慮することなく暮らすことは難しく，絶えず天候の変化・時候の変化に注意を向けて暮らしているものである。

　人と会えば，「いいお天気ですね」「よく降りますね」「ひどい風でしたね」というように天候のことが挨拶となり，あるいは「暑くなってきましたね」「ようやく少し涼しくなってきましたね」「（お盆も過ぎましたから，）もう海水浴はできないですね」などと，時候の挨拶がとり交わされる。

　夏の日照り続きで稲が実らなかったり，秋の収穫を直前にして台風ですっかり作物が水浸しになったり，地震のための山崩れで家屋が壊れ家族の命が失われるというようなことを昔から何度も経験してきた日本人は，あまりにも大きな自然の猛威を知悉しているためであろうか，西欧の人々のように自然といかに対決して闘うかというよりは，いかにしてなんとか「共存」していくか，より厳密に言えば「いかにして自然の一部として生きていくか」ということにこれまで力を尽くしてきたように思われる。

　実際，津波に襲われて多数の家屋や人命を失いその恐ろしさに震え上がった人々も，しばらくの間は津波に対抗するために海岸沿いにいかにして巨大な防潮堤を築くかという計画に懸命になっていても，そのために美しい砂浜も慣れ親しんだ海の眺めをもあ

きらめ，漁に出ることにもいろいろな支障が出るという現実に直面すると，考えが揺らぐことになりがちである。やはり何とかして以前のように自然の豊かな恵みを受け続けながら，自然の脅威を最小限に食い止める努力をしながら，「人間も自然の一部」として，いわば自然と一つになって生きていく道を求めることができないかと考えるようになってくる。これは大きな災害の後においても，実際に耳にされることのある人々の気持ちのようである。

このように自然と共に自然の一部として生きてきた人々の暮らしの中で，春夏秋冬の四季の移り変わりに向けられる気持にも畏れ・期待・よろこび等，生活に根差した深く細やかな感情が込められてきたのであった。太陽・雨・風をはじめとする空模様，気温の変化，それに伴う穀物の生育状態，草木の状態，雑草，害虫 … そして人々の願いと感謝をこめた祭礼 … 等，どれ一つとってみても，そこには深い祈りにも似た自然への帰依とも言えるような自然への深い関心が秘められている。

たとえば天候・時候に関係する「雨」「風」について見てみると，日本語には次のような多くの言いまわしがある。一見，同じ意味を持つかのように見える言葉も，表現が違うということは，そこに何らかの必要性の相違による視点の相違が含まれているということである。

（雨）
春雨，雨水（うすい），暖雨，菜種梅雨，春霖（しゅんりん）（春の長雨），長雨，卯の花腐（くた）し（卯の花の頃の長雨），時雨，春時雨，秋時雨，糠雨（ぬかあめ），

ひと雨，夕立，春夕立，朝雨（あさあめ），五月雨（さみだれ），大雨，豪雨，梅雨，
空梅雨（からつゆ），夏雨，緑雨（りょくう），青時雨，横雨（よこあめ），小雨，霧雨，小糠雨，
日照り雨，日向雨（ひなたあめ），照り降り雨，通り雨，涙雨，にわか雨，
私　雨（わたくしあめ）（ある限られた地域だけに降るにわか雨。特に，下は晴れて
いるのに山の上だけに降る雨），花の雨，恵みの雨，穀雨，喜
雨（う），慈雨，秋雨，寒の雨，寒九の雨（かんく）（寒に入ってから9日目の
1月13日ごろに降る雨。「豊作の兆」とされている），遣らずの雨（や）
（帰ろうとする人をひきとめるかのように降ってくる雨），地雨（じあめ）（一
定の強さで長く降り続く雨），そぞろ雨（小降りだがいつまでもや
まずに降る雨），気違い雨（晴れたかと思うと，また急に降ってく
る雨）…

（風）

北風，東風（こち），南風，西風，貝寄風（かいよせ），春風，微風（そよかぜ），春一番，春
疾風（はやて），麦嵐，青嵐，薫風，熱風，炎風，涼風，朝凪（あさなぎ），夕凪，
土用凪，風死す，秋風，台風，神渡し（陰暦10月に吹く西風），
海風，浦風，浜風，潮風，木枯らし，寒風，空っ風（多くの
場合，関東地方に吹く寒風。冬に雨，雪などを伴わずに強く吹く乾
いた北風），疾風，山風，山おろし，谷風，山背，朝風，夕
風，天つ風（あまかぜ）（大空を吹く風），葉風（はかぜ）（草木の葉を動かす風），松風，
突風，辻風，つむじ風，旋風，川風，雪風，虎落笛（もがりぶえ）（激しい
風が電線や柵に吹きつけてヒューヒュー笛のような音を立てる），
雨風，霜風，風間（かざま），追い風，向かい風，逆風，時つ風（時節
にかなった風），野分きの風，暴風，隙間風（すきまかぜ），…

さて，このような日本人の生活と自然の密接な関係は，衣食住等すべてにわたって見いだすことのできる日本文化の大きな特徴となっている。

「衣」についていえば，季節の変化による「更衣（ころもがえ）」の習慣がある。西欧化の意識の進んだ今日では昔ほど厳守されることはなくなってきたが，制服の着用される多くの学校や職場では，6月と10月の初めに夏服と冬服の衣替えが一斉に行われる。

食事に用いられる「箸」は自然の木材でできていることが多く，食材の魚，野菜，果実などには「季節の旬」が重んじられている。春の鰆・白魚，春菊・芹，八朔，夏の鰹・鱧，トマト・ナス・キュウリ，瓜，秋の秋刀魚，まったけ・かぼちゃ，梨，冬の鰤，大根・白菜，蜜柑など。

また住居についていえば，木造の家ではペンキなどで着色することは好まれず，自然に近い白木の木材が好まれる。夏になると網戸・簾・のれん等によって，季節の風と光が住居の中にも採り入れられるように工夫されていることが多い。

住居の中でも「生け花」というかたちにおいて，自然の季節の花を楽しむ習慣がある。そして，すべてのことにおいて，人間の意志によって行われることであっても，「自然にそうなる」という見方がなされ，それは言語表現として多くの習慣化した言いまわしになっている。このことはいろいろな場面で用いられる言葉遣いに容易に見いだすことができるものである。子どもに向かって，大きくなったら「何になりたいですか」と尋ねたり，「上中下の三巻からなる本」「社長になる」「ごちそうになる」「お休み

になる」「お殿様の御成り」と言ったりする。

　出来事についても，自然に時が熟して「その時になる」という見方が重んじられている。「私たち，この度東京に引っ越すことになりました」というふうに。相撲の力士が何度も塩をまいて仕切り直しをするのも，時が熟して両力士の息の合うように「なる」のが待たれているのである。近年では西欧化が進んで日常生活でも等間隔に進む機械的な時計時間が重んじられるようになってきているが，それでもなお授業などが時計時間きっかりに始まらないことが多いのは，参加している人々の気持ちが「自然に熟する」のを待つという伝統的な「自然」の時間感覚が無意識のうちに重んじられているからだろう（「なる」については，池上（1981, 2006）を参照）。

1.2. 無常・儚さ・幽玄・枯淡

　農耕民族の日本人にとって，稲作は田植から収穫に至るまで，そしてそれが脱穀されて藁になるまでを見届けるだけでも，自然の万物流転の一端に触れる生活であったに違いない。そしてその眼差しは人間自身にも向けられて，人間もまた生まれ，年老い，死にゆく存在であるということにおいて，一刻も静止することなく自然の一部として「移ろいゆく」存在であることが感じられてきたことだろう。

　前節で見たように，穀物の成長や自然の猛威と共存して生活してきた日本人にとって，どのようなことも変化しないということ

はないということ，すなわち「無常」ということ——一切のものは
生生流転しているので，「常」なるものはないということ——ほど，
深い共感とともに受け入れられてきたものはなかったであろう。
万物は「常に同じ状態にとどまることなく」変化し続けるもので
あるという生活感情からは，満開の花の中にも，すぐに散ってし
まう儚さを感じるとる美学が育まれてきたことは，ごく自然のこ
とであった。そして日本の仏教は，このような無常観を強める働
きをしてきたように思われる。

　エジプト人がピラミッドを，ローマ人が円形競技場を，中国人
が万里の長城を築き上げ，そして彼らが不老不死の薬を探し求め
たり，永遠に壊れない堅固な建造物や永遠に生きながらえる人間
を夢見たのに対して，日本の建造物は伊勢神宮や出雲大社を見て
もわかるように，それは木造であったり桧皮葺きであったりし
て，最初から定期的に建て替えられることが予測されていたよう
な壊れやすい建物であった。それは自然の一部として常に移り変
わる「儚い」仮の姿であったと言ってもいいのではないだろうか。

　このようなことは万事について言えることで，花の香りについ
ても，日本で好まれてきたのは強いユリの香りのようなものでは
なく，ほのかに匂う梅の香であった。花についても，梅で有名な
奈良から桜の京都に都が移ると，ほんのわずかの間咲いてすぐに
散ってしまう儚い桜が何よりも愛でられることが盛んとなり，そ
れは「すべての花を散らせてしまった」桜をも愛する心へと通じ
ていくものとなった。そしてそれは，すべての色を捨て去った墨
絵の「幽玄」を愛する心，そして一般的に世俗的な名利にとらわ

第1章 日本語・日本文化　11

れない「枯淡」を愛する心へと通ずるものとなっていった。

　それは，すべてのかたちあるものを否定的・消極的に見る世界観であり，すべての所有を離れ，すべての色を捨て去った玄一色の幽玄な寂（サビ）の世界を愛する心に通じていくものでもあった。そこでは大より小，多より少，明より暗がより豊かなこととして，愛されるようになる。そして「花見」（単に「花見」と言えば，桜の花を見ることを意味する）や「雪見」のように，すぐにかたちを失ってしまう「儚さ」が愛でられることになる。同様の解釈の仕方によって，言葉の使い方においても，暗示性の強い「寡黙」「沈黙」が明確に語り尽くそうとする雄弁・多弁より重んじられるようになった。

　良寛は「良寛禅師戒語」（蓮の露）（九十ヶ条）の中で，戒むべきこととして次のように述べている（大島花束（編）(1958)「良寛禅師戒語」『良寛全集』には，同書 pp. 526-540 に記載されているように，下記のもの以外にもいくつかの相違する形があるが，根幹において大きな相違は認められない。[　]の中は引用者による補筆）。ここでは伝統的な日本語・日本文化の志向が具体的にわかりやすく表現されているので，少し長く引用することにしたい。

　一、ことばの多き。

　一、口のはやき。

　一、とはずがたり。

　一、さしで口。

　一、手がら話。

一、公事の話。

一、公儀のさた。

一、人の物いひきらぬ中に物いふ。

一、こと葉のたがふ。

一、能く心得ぬ事を人に教ふる。

一、物いひのきはどき。

一、はなしの長き。

一、かうしやくの長き。

一、ついでなき話。

一、自まん話。

一、いさかひ話。

一、物いひのはてしなき。

一、へらず口。

一、子どもをたらす。

一、たやすく約束する。

一、ことごとしく［仰々しく］物いふ。

一、いかつがましく物いふ。

一、ことはりのすぎたる。

一、その事をはたさぬうちに此事をいふ。

一、人のはなしのじやまする。

一、しめやかなる座にて心なく物いふ。

一、事々に人のあいさつ聞かうとする。

一、酒にゑひてことわりいふ。

一、さきに居たる人にことわりをいふ。

一、親せつらしく物いふ。

一、人のことを聞きとらず挨拶する。

一、悪しきと知りながらいひ通す。

一、物知り顔にいふ。

一、ひき事［説明のための他の文言や事例などを引用すること］
　　の多き。

一、あの人にいひてよきことをこの人にいふ。

一、へつらふ事。

一、あなどる事。

一、人のかくす事をあからさまにいふ。

一、顔をみつめて物いふ。

一、腹立てる時ことわりをいふ。

一、はやまり過ぎたる。

一、己が氏素性の高きを人に語る。

一、推し量りの事を眞事になしていふ。

一、ことばとがめ［相手の言葉じりをとらえて，咎めること］。

一、さしたることもなきをこまごまといふ。

一、見ること聞くことを一つ一ついふ。

一、役人のよしあし。

一、子どものこしやくなる。

一、わかい者のむだ話。

一、首をねぢて理くつをいふ。

一、ひき事のたがふ。

一、おしのつよき。

一、いきもつきあはせず物いふ。

一、好んでから言葉［唐言葉，「唐語」］をつかふ。

一、くちまね。

一、都言葉などをおぼえ，したり顔にいふ。

一、ねいりたる人をあわただしくおこす。

一、説法の上手下手。

一、よく物のかうしやく［説明，説き聞かせること］をしたがる。

一、老人のくどき。

…

　ここで戒められているのは，概して「多弁」であり「真心のない言葉」「思いやりのない言葉」であり，また「顔をみつめて物いふ」などに見られるように強く直接的な表現である（伝統的な日本文化において直接性よりも間接性のほうが好まれることについては，後述する。また西欧文化では概して表現の直接性のほうが好まれる傾向があり，西欧化しつつある今日の日本文化においては直接的表現に対する抵抗は少なくなりつつある）。

　さて，ここでも説かれているような消極的・否定的な美意識に気づけば，次のようなことにもより適切な説明を与えることができるのではないだろうか。それは，たとえば何か贈り物をするときに「つまらないものですが」と言ったり，食事に人を招待するときに「何もありませんが」というような，伝統的な日本文化において習慣的に用いられてきた挨拶言葉である。しばしば多くの

第1章　日本語・日本文化　　15

外国人には，それは「あまりにも屈折した，ナンセンスな日本語」
とみなされてきたが，そこにはここで述べられているような「消
極的・否定的な」美意識が定型的に表現されているのではないだ
ろうか。

1.3.　無標性・多義性

　カラー写真よりも白黒写真のほうが色彩をより自然に生き生き
と感じさせると言えば，ナンセンスと言われるだろうか。しかし
実際，カラー写真を見たときに，しばしば感じられる一種の不全
感は，それがカラーであるからこそ，そこに表されていないさら
に微妙な自然の色彩を無意識のうちに求めているということにあ
るのかもしれない。いっそのこと，カラーでないほうが，そこに
あらゆる可能態としての自然の色が暗示的に含まれることになる
のではないだろうか。

　それは，「混沌からあらゆるかたちが表れてくる」ということ
から導かれてくる見方でもある。

　記号論で「無標 (Unmarked)」と呼ばれるのは，すべてを含ん
だカオスのようなものであり，「有標 (Marked)」と呼ばれるのは，
その無標の中から現れ出た特定のかたちのことである。同様のこ
とをゲシュタルト心理学では，図1のように図式化している。
そこでは無標は地 (Ground)，有標は図 (Figure) と呼ばれている。

　有標とは，「標づけられている」ということであり，「特殊，例
外的，複雑」であることであり，それに対して無標とは，有標を

含んでその背景となっているものであり,「より一般的,基本的,単純」であることである。そのように基本的な記号である無標の記号は,概して人間の発達段階のより早い段階において習得される傾向のある(ゲシュタルト心理学での「図―地」における)「地」としての記号であることが知られている。たとえば「イヌ」を無標とすれば,「スピッツ」「ブルドッグ」「ダックスフント」等は有標である。

　幼児は,「ワンワン」(イヌ)というような無標の基本的な言葉を「スピッツ」等の有標の特殊な言葉より早い段階で用いるようになるものである。

　さて,それでは無標と有標の関係における日本語・日本文化の特性ということについて言えば,どのようなことが見いだせるだろうか。

　まず第一に言えることは,すでに1.1節で述べたように,自然と密接な関係をもつ日本文化では,自分たち人間は自然の一部であるという認識が強いということである。その場合,自然は「無標」であり,自然の一部である人間は「有標」であるということになる。この関係性を図示すると,図2のようになる。

　図1　無標と有標

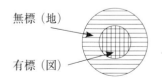

無標(地)
有標(図)

図2　日本文化における自然と人間

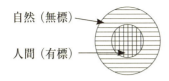

自然（無標）
人間（有標）

　他方，人間の主体的行為を重視して，野蛮で未開な自然を征服・教化して文化・文明をもたらすと考える西欧では，自然は人間によって征服されるべき異質なものとして，概して人間と対立するものとみなされる傾向がある。その西欧文化の典型的な例として，多くの異民族から成っている異質性の高い社会であり（アメリカの西海岸と東海岸とでは，数時間の時差があるため）時間空間も共有することが難しい広大な土地に暮らす人々の生活であるアメリカ文化を見ながら，日本語・日本文化とアメリカ英語・文化について見ることにしよう。

　たとえば「みる，笑う，なく」という日常生活でよく用いられる単語について比較してみると次のようになる（下記の例は，有馬（2015: 16）からの引用である）。

　　見る　look（注意して見る），see（見える），watch（（動く・変化するものを）じっと見る），stare（（驚き・怖れで）目を大きく見開いてじっと見つめる），view（眺める），glance（さっと目を通す），glare（睨みつける），glimpse（ちらりと見る），observe（観察する），…
　　笑う　laugh（笑う），grin（歯をむき出して笑う），giggle（くす

　　　　くす笑う），chuckle（ほくそ笑む），smile（ほほ笑む），
　　　　…

　　なく　cry（声を出して泣く），weep（すすり泣く），blubber（泣
　　　　きじゃくる），wail（泣き悲しむ），lament（wail の文語），
　　　　wimper（子どもがメソメソ泣く），scream（泣きわめく），
　　　　…

ここでは，たとえば日本語の一つの単語「見る」に対して英語で
は多様な「見方」を表す「単語」が挙げられている。

　音声について見ても，日本語の母音はあいうえお /a i u e o/
の 5 つの音素［意味を区別する最小の音韻的単位］であるのに対して，
英語の母音にはほぼ 20 もの音素 /i e u ɔ æ ʌ ə a: i: u: ɔ: ə: ei
ou ai au ɔi iə ɛə uə/ がある。子音も，日本語は 16 の音素であ
るのに対して，英語は約 24 の音素があるという多さである（詳
しくは有馬（2015: 11）を参照）。

　その他，句読点についても，日本語では本来句読点は用いられ
ていなかったが，今日では句点「。」読点「、」のほか「　」『　』
（　）ダッシュ「―」等が基本的には用いられている。しかし英語
では，「; : , ― . ? ! ' ' " " （　） < > [　]」のように，日本語
よりもずっと多くの句読点が用いられている。その他，活字書体
の種類についてもローマン体（A），ゴシック体（**A**），イタリッ
ク体（*A*），スクリプト体（𝒜）等，英語のほうが多い。

　英語のほうが概して人間の主体的行為としての記号表現の有標
化が詳細になされているようである。それに対して，自然の一部

としての人間という見方に立つ日本文化の世界観では，英語文化の世界観に比べて，自然としての無標を志向する「無標志向性」が強いように思われる。上記の単語の例についても，英語の日本語訳を見ればわかるように，英語ではたとえば look, see, watch, stare … と単語のレベルで多様に区別されているのに対して，日本語では「注意深く<u>見る</u>，これが<u>見え</u>ますか，テレビを<u>見る</u>，驚いて<u>見る</u>」のように文脈に依存することによって「見る」一語で済ますことができる（詳しくは，有馬 (2015: 22) を参照）。

　さて，日本文化において言語記号という概念によって世界を分析するのに無標を志向するということは，言語記号という概念によって世界を分析することすなわち世界を概念化することについて消極的であるということになるだろう。すなわち，なるべく「詳細に言語化しない」すなわち有標化しないということである。そこでは「人間の行為」としての「する」ではなく，「自然の状態」としての「なる」「ある」が志向されているということになるだろう。

　このような言語使用の習慣は文法にもはっきり形式化されていて，そのためにたとえば下記のような日英語の相違がみられることになっている。下線部の詳細化された英語は，日本語では無標であるため，詳細化されていない（例えば日本語では性［男・女］，数［単数・複数］については，それらの相違を意識的に区別しない無標が志向される傾向が強く，そこでは英語のように義務的な詳細化はなされていない）。

	日本語	英語
1.	5人います。	There are five men/ women/boys/girls/…
2.	1人います。	There is one man/ woman/boy/girl/…
3.	雨が降りそうだから、 傘を持って行きなさい。	As it looks like rain, take an umbrella with you.

　日本語ではこのように無標を志向する傾向は単に性数の区別のみならず，表現全般に及んでいるため，厳密に言えば日本語は言語表現の「詳細化」（有標化）の反対，すなわち「寡黙」ないしは「沈黙」としての無標を志向することになる。

　そして，無標の中には多様な有標が可能態として含まれていると考えられるので，無標としての寡黙あるいは沈黙は「多義性」をその特質として暗示しているということになる。

　すなわち，無標は空っぽではなく，すべての有標の母胎であり，意味に満ちているので，具体的な場面や文脈が与えられれば，それぞれの場面や文脈に応じてその意味は多様なかたちを示すことになる。日本語話者は英語話者に比べて概して寡黙であるとしても，多くの場合，その中は空っぽなのではなくて「意味が充満している」ということである（日本語日本文化の無標志向について詳しくは，Arima (1998) を参照）。

1.4. 未完性・間接性

　花盛りは美しいが，もうその美しさは頂点に達してしまっている。いわばその美しさは完成されて，ある意味で完了していると言えるかもしれない。それに対して花の蕾はこれから日毎に膨らんで変化していく。その花の美しさは，未完の状態にある。伝統的な日本文化においてよりよく愛されてきたのは，完成されたものよりも未完のものであったと言ってよいのではないだろうか。

　満月よりも三日月のほうが，満ちたるものよりも欠けているほうが趣があるという見方である。日本画では，画面いっぱいに描きつくされているよりも余白のある画面のほうがよい作品になっていることが多い。日本語の会話においても，一方的に語り尽くしてしまったり断言してしまうよりも，聞き手に自由な解釈の余地があたえられている「間」のある話し方のほうが，相手を立てる礼儀正しい話し方として好まれる傾向がある。

　数字についても，きちんと割り切れる偶数ではなく，割り切れない奇数のほうが一般的に言ってよりよく好まれているようである。偶数のように割り切れるということは，それで完結してしまっているところがあるからであろうか。

　日本文化においては物の配置にしても，西欧諸国や中国などでは好まれる左右対称の幾何学図形が忌避され，左右が非対称的であって不ぞろいであるほうが好まれる。そして前後左右に直接関係しているよりも，斜めの方向に関係づけられる可能性があったり，はっきりと関係があるとまでは言えないような，何らかの

「暗示的なつながり」（関係の未完性）であるほうが好まれるようである。

九鬼周造がその『「いき」の構造』において，碁盤縞や格子縞のような縦横縞は「いき」でないが，どこまでも平行線をたどる縦縞は「いき」であると述べたのも，線がすぐに交差してその関係性が完了してしまう縦横縞よりも，どこまでも交差することなく，その平行性が永遠に続くかに見える縦縞のほうに「未完」の美意識がかきたてられるからであるという。

ドナルド・キーン（2011: 393-394）は次のように述べている。

　… 日本の詩歌の一つの大きな特徴に，奇数を喜ぶということがあります。もちろん例外もあります。日本の詩歌には旋頭歌とか今様のように，六つの行とか四つの行の詩歌があることはありました。しかしどう考えても，日本の詩歌の主流は，和歌，俳句等にあって，行数が奇数であり各行の音節［厳密に言えば，モーラ，拍］も奇数であることは，一つの約束です。しかも，これは日本詩歌の特徴であると同時に，日本文化全体の特徴だといわざるを得ません。…

　昔から日本人は，中国の都市計画 … を真似ましたが，日本のものは必ず，片方へ中心が移ってしまいました。寺の場合でも，もともとは，東の塔に対して西の塔があって，一方にお堂がありますと反対側にも全く同じお堂があってというふうに，中国の寺院の真似をしたのですが，私の知っている限り，まだそういうようなもとの計画通りの日本寺院は一つ

第1章　日本語・日本文化　　23

もありません。しかもそれは，焼けたり，雷が落ちたという
ようなことではなく，むしろ日本人は初めから，幾何学的な
効果を嫌っていたのではないかと思われます。また，日本庭
園もそうです。ヨーロッパの庭園と日本の庭園を比較してみ
ますと，ヨーロッパの場合はだいたい幾何学的なものが多く
て，それを見ると何となくヨーロッパ人は落ちつくのです
が，日本人はそれを見ると，落ちつくどころか退屈するで
しょう。何か変化がなければ，たとえば両側に全然違うもの
がある「鶴と亀」などでなければ，日本人は満足できないの
です。　　　　　　　　　　　　　（[　]の中は，引用者による補筆）

　この引用文中に示唆されているほど例外なく「非対称形」が日本
文化の建築物などの配置において見いだせるものかどうか再確認
したわけではないが，概してそのような傾向がみられることは誰
もが経験的によく知っていることだろう。それは伝統的な「生け
花」の生け方や床の間の「違い棚」の形式，楽譜に適切に記載で
きないとも言われる邦楽の「間」の取り方等にも関係しているこ
とである。
　このように日本語・日本文化において好まれる時間・空間的な
未完性の表現としての「沈黙」「空白」である「間」が暗示的な表
現力をもっていることは，よく知られているとおりである。この
こととの関係において述べておかねばならないことは，時間的・
空間的な「間」の「暗示性」が好まれるのと同時に，伝統的な日
本語・日本文化において野暮なこととして忌避されてきたのは，

「明示的」な表現であったということである。

　ここに述べてきた「未完性」とともに日本文化における典型的な暗示的表現の一つとして好まれてきたことに，「間接性」ということがある。近年では日本文化の西欧化に伴って，このような日本文化の特徴は見えにくくなっているところがあるが，それでもよく見ると，それは日常生活の基底に確固たるものとしてあることが認められるだろう。

　それは，贈り物をするとき「ふろしき，包装紙，ふくさ」などに包むという間接性，受け取った贈り物をその場ですぐ開けて見るというような直接的行為を抑制するという間接性，対人関係などにおける直接の視線や身体接触のない「お辞儀，流し眼」というような間接性，私的な感情の直接的な表現ではなく，「抑制された表情」「寡黙さ」という間接性，挨拶言葉をはじめとする社会的定型的な言葉づかい，すなわち「〜のような場合には，…と言う」というような決まり文句の多用によって，結果的に私的な感情を直接表明しないという間接性などがそれである。

　このような日本語・日本文化の間接性とは対照的に，たとえばアメリカ文化においては，特別の場合以外，特に何かに「包まないで」品物をそのままじかに手渡すことは普通であり，身体接触のある「握手，手をつなぐ，腕を組む，抱擁（ハグ），（相手を直視する）ウィンク，口づけ」等の多様な表情・手振り・身振りなどを伴う直接的な私的感情の表現にあふれた言葉というような直接性が好まれている。

　そして，日本語・日本文化の特徴としての「未完性」「間接性」

は，共に暗示的表現を志向している点において共通しているところがあるのに対して，アメリカの言語文化は，より「完結的」で「直接的」であり，それは明示的表現を志向していると見ることができるだろう。

1.5. モンタージュ・点的論理・アブダクション

　モンタージュ（Montage）という言葉は，「構成」「組み立て」などを意味するフランス語であるが，今日では「モンタージュ写真」として，犯罪の目撃者などの記憶から犯人の顔についての複数の情報を集め合成して作る写真の意味としてもよく知られている。

　しかし，ここで「モンタージュ」という言葉をとりあげるのは，ソ連の映画監督エイゼンシュテイン（Sergei Mikhailovich Eisenstein, 1898-1948）が日本の漢字の偏と旁や俳句の575の組み合わせ方や歌舞伎の見得（「俳優が感情の高揚した場面で，一瞬動きを停止して，睨むようにして一定のポーズをとること」）などから影響を受けて，多数のカットを「創造的に組み合わせて」一つの作品にまとめる映画フィルム編集の創造的な手法として開発したことで有名になった用語としてのモンタージュである。

　たとえば「吠える」という漢字では，吠えるという行為において特徴的な意味をもつ「口」と「犬」が取り合わせられている。映画のフィルムのモンタージュでも，このように特徴的な意味のある部分がカットとして取り上げられ，クローズアップされた

り，順序を変えて組み立てられたり，動きを停止させたり，並行するイメージや対立衝突するイメージと組み合わせられたりして，映画フィルム編集の手法として用いられている。

さて，たった17音からなる短い詩である俳句では，言語化されている部分はそのように特徴的な意味のある部分，すなわち俳句の場合では作者を感動させたという点において意味のある部分である。それが俳句においてどのように「切れ字」「省略」「倒置」というような方法を用いて，「て，に，を，は」によって創造的に組み立てられて，全体が部分の総和を超えたものになるかということがエイゼンシュテインの映画のモンタージュ理論に刺激を与えたのであった。「戦艦ポチョムキン」（特に「オデッサの階段」）等の優れた映画作品は，そのようにして創り出されたのであった（本書165頁を参照）。

俳句の手法については第2章において具体的に見ることにしたいが，ここで強調しておきたいことは，エイゼンシュテインが俳句や漢字や歌舞伎という形を通してはっきりと強調された形において見ることになったこのモンタージュの手法は，寺田寅彦（1948: 216）が指摘しているように，エイゼンシュテインがほとんどあらゆる日本文化に遍在していると認めることになった記号的特徴であった。それは，部分と部分の組み合わせによる衝突あるいは爆発から「部分と部分の総和を越える芸術的な意味」を生み出す手法であった。

そこでは，まず，何と何がどのように「取り合わせられ」「組み立てられ」「配置される」のかということが要点となる。

たとえば料理の盛り付けにみられる「青磁の皿にまっかなまぐろのさしみとまっ白なおろし大根」の取り合わせとか,「青磁の徳利にすすきと桔梗」の組み合わせ,エイゼンシュテインが写楽の浮世絵に見た「強調された顔の道具の相克的モンタージュ」,それから竜安寺の石と砂だけで構成された枯山水の庭の造形など,その例は日本文化の全般におよんでいる(寺田(1948)同論文を参照)。

そして,日本文化におけるモンタージュの技法として寺田寅彦(1948: 234)が特に注目していたのは,俳諧連句と漫画であった。連句の付け句の仕方である「におい」「響き」「おもかげ」というような洗練された手法に対して,当時まだまだ未開の段階にあった漫画については次のように述べられている――「いろいろな未発見の領域が隠れていそうに思われる。… 普通の現実的な映画が散文であるとすれば,漫画は詩であり歌でありうる。… ほんとうはこれ[漫画の「正風」を興すこと]こそ日本人の当然手をつけるべき領域であろう」,と。ここには,その後大きな発展を遂げてきたこの領域の今日までの状況についての鋭い洞察が示されていると言ってよいだろう。

さてモンタージュの組み立てにおいては,通常,結びつかないと思われているような相互に大きな距離のあるものを組み合わせる方が,よく似たものを組み合わせるよりも芸術的に大きな効果を生み出すことが多いものである。すなわち,一見結びつかないような異質のものを組み合わせるほうがより大きな驚きをあたえるということである。このようなことは,俳句の「切れ字」の用

い方における「断続的連続」としてよく知られている手法とも関係することになるだろう。そして日本文化においては，このような組み合わせ方についても，「X には Y」というように，何らかの「定型性」が出来上がっていることが多いことは注目すべきことである。

たとえば「古池や蛙飛こむ水のおと」（表記は，松尾芭蕉（雲英末雄・佐藤勝明（訳注）（2010））に従っている）についても，当時，蛙と定型的に組み合わされていたのは「古池」ではなく「山吹」や「蛙の声」であったという。芭蕉は（蛙が飛び込む水の音を聴いて古池をイメージしたというが，そのようにして芭蕉は）定型的モンタージュにとらわれない取り合わせをごく自然に生みだすことによって，古典に縛られない新しい境地に目覚めることができたのであった（正岡（1955a: 211–212）; 長谷川（2015: 170–174））。

ところで，日本語の構造とこのようなモンタージュの関係において興味深いことは，日本語の文構成の要素間の結びつきが一般的に言って緩やかであり，それら要素間の関係を必ずしも詳細に言語化しなくても，コンテクストを共有している人々の間においては，その関係はほぼ了解されているということがある。そして，そのように話し手と聞き手の間で了解されている関係は，表現されずにどんどん省略される傾向があるということである。

日本語では，通常，「話者が誰であるか」は状況や文脈からすぐわかることが多いので，表現されないことが多い。「男女の性別や単数と複数の相違」も，状況や文脈からわかることが多いので，表現されないことが多い。「所有格や目的格のような格の表

示」も文脈からわかる場合には表現されない … というふうに，多くの省略がなされている。すなわち日本語はそれだけコンテクスト依存性が高い言語だということになる。

　ということになると，日本語は状況や文脈抜きには理解するのがむずかしい言語であり，家族のように互いによく知り合った仲間内で用いられるような，非常に省略の多い言語表現を特徴とする言語であるということがわかってくる。

　このような日英語の相違に注目して，英語は「線的言語」であり日本語は「点的言語」であると言われることがある。英語はコンテクストをあてにしないで，言語表現だけからすべてが理解されるように，論理を詳細に線のように連続的に表現し尽くそうとする言語であるのに対して，日本語はコンテクストから了解できると思われる部分は表現することなく省略する言語であり，省略することのできない重要な「部分だけを点のように」断続的に表現する言語であるということである（「線的言語」と「点的言語」については，外山 (1973, 2003) を参照）。

　さて，次に挙げるのは，新聞記事（朝日新聞　日刊　2016 年 7 月 31 日）からの引用である。日本語についての上記のような慣習によって言語表現が省略されている可能性があると思われる箇所には，（　）によってその省略を補うことを試みた。

　　全国の公立小中学校で，退職する教員数が 2 年後にピークを迎える。（退職する教員数がピークを迎えるのに）代わって新規採用者数が膨らんで経験の浅い教員が増え，中学では

（新規採用の）1年目で学級担任をする教員が（新規採用者全体の／学級担任する教員全体の）6割を超えた。若手の効率的な（学級担任の）養成が急務だが，教員の多忙化や教える内容の多様化も進み，学校には（若手の学級担任の養成は）重い課題だ。（引用文中の（　）部分は，引用者による補筆の試み。複数の語句が補筆されている箇所は，少なくともそのような複数の補筆の可能性があると思われる点において，「曖昧な表現」になっている場合である。）

　これは日本語にしては相当明示的な表現であるが，おそらく最小限に見積もっても（　）の中に示したような語句が省略されている可能性は文脈から誰にでもすぐわかることだろう。

　すでに述べたように，日本語では英語の詳細な表現に比べると，主語，目的語，名詞の性（男女），数（単数・複数）の区別などは明示的に表現されていないが，それは（社会的に高度に共有されている）コンテクスト（文脈・状況など）から容易に推論されるだろうと考えられているからである。そしてそれはこれまで比較的長い間，日本語が風土的・民族的・文化的にかなり高度に同質的な記号社会において用いられてきたことによって生み出されてきた結果であると言ってよいだろう。日本語では言語表現だけではよくわからない部分は，状況・文化などのコンテクストを参照することによって推論することができてきたのであった。このようにコンテクストを参照しながら，よくわからないことを明らかにしようとするために用いられる推論は，パースの記号論に

おいてアブダクションと呼ばれている。

　推論には演繹・帰納・アブダクションという三種類の推論が知られているが，アブダクションは仮説的推論とも呼ばれ，19世紀後半，アメリカの記号論者・哲学者パース（Charles Sanders Peirce, 1839-1914）によって明らかにされたものであった。それは何か驚くべきこと，何かはっきりしない不明なことに出くわしたときに，「このような結果に対してこのような規則を仮に（＝仮説的に）適用できるとすれば，このはっきりしない結果はおそらくこういう事例として説明できるであろう」（アブダクション：結果＋規則→事例）と，その不明の事例を説明しようとする推論である。

　演繹は「事例」に「規則」を適用することから「結果」をほぼ自動的に導き出すコンピュータの演算のように蓋然性（Probability）の高い推論であり（演繹：事例＋規則→結果），帰納は個々の「事例」と「結果」から一般的な規則を導き出す推論である（帰納：事例＋結果→規則）。それに対して，アブダクションは三種類の推論の中で最も蓋然性の低い推論ではあるが，前提になかったことを導き出すことのできる唯一の創造的な推論であり，そのために「発見の論理」とか「創造的推論」とも呼ばれている。

　パースは多くの例を挙げてアブダクションという推論の特徴を示しているが，次に要約して挙げるのも，そのわかりやすい例の一つである（Peirce（CP 2. 625）を参照。パースの論文集［CP＝ *Collected Papers of Charles Sanders Peirce*］については，慣例によってその巻数とパラグラフ・ナンバーによって出典を示す）。

「ある国の内陸部深く入ったところで，魚の化石のようなものが発見された」（結果）。この驚くべき現象を説明するために，かつてその場所は海であったのではないかという仮説を立ててみる。「内陸部のその場所がかつて海であった」ならば，「海であったところに魚の化石が見つかる」ことがあったとしても，それは不思議ではない（規則の適用）。そこで，そのようなところで魚の化石が見つかったという「結果」に対して，かつて海であったところからは魚の化石が見つかることがあっても不思議ではないという「規則」を適用することによって，この一見不思議な「事例」の説明ができる可能性が生まれることになる。

このように一見したところ不思議な結果を見て，そこにあてはまりそうな規則を仮に適用してみて，それによって与えられた事例を説明しようとするのがアブダクションと呼ばれる推論である。

省略されている部分の多い「点的言語」と呼ばれる日本語の解釈は，文脈や状況というコンテクストから仮説的に推論されるアブダクションで成り立っているところが大きい。

周囲を海で囲まれた小さな島国であるために気候風土の共有度が高く，陸続きの大陸の国々に比べると，長年の間民族の移動も少なくて，言語文化の同質性が高く，そのために伝統的な日本語社会ではコンテクストが高度に共有されてきたのであった。そのために，言葉にしなくても理解されることが多く共有されてきたのであった。そのようにして多くの言語表現が省略されてきた結果，日本語は点のように断続的に表現された比較的少ない短い言語表現を志向するものになっている。

それに対して，例えばアメリカの社会は，多くの移民から成り立っている高度に異質的な記号社会であるためにコンテクストの共有度は低く，そのためにコミュニケーションを行うためには，なるべく誤解が生じないように，出来るだけ詳細に明示的な記号表現（＝言語表現および［表情・身振り等の］非言語表現）を行うことが志向されてきたのであった。

高度に異質的なアメリカのような社会においては，人々は互いに相違する感じ方・考え方をしていることが基本的な前提となっているために，各自が自分の感情や考えをできるだけわかりやすくはっきりと表現することが強く求められるようになっている。そこで，個人のレベルにおいても集団のレベルにおいても，たとえば討論のようなかたちにおいて，はっきりと互いに相違する考えを闘わせることが必要とされるようになっている。

それに対して伝統的な日本語社会では，あえて言葉に出して言わなくても，状況を見ればわかるだろう——すなわち，「～ということは … という場合だろう」というような仮説が，多くの場合，定型的に思いつかれるはずである——ということが暗黙の前提となっているために，言葉による明確な自己表現・自己主張は敬遠される傾向にある。

言語表現を「点」と見なすとすれば，日本語の聞き手はそれらの点と点をつないで論理の筋道を見いだすために，話し手の状況や表情などのコンテクストを参照しながら，「言葉で表されていないこの部分の解釈は，おそらく～という意味になるだろう」というふうにアブダクトすることになる。そのようにして，聞き手

は話し手の省略の多い点的表現を手掛かりにして，いわば話し手と共作するかのようにして話し手の論理を発見しようとすることになる。そのために，日本語のコミュニケーションは「聞き手の解釈力によって成り立つところが大きく」，日本語は「聞き手責任」の言語であると見なされることになる（Hinds（1987）を参照。また，構文のプロトタイプと拡張的推論については天野（2011）を参照）。

　他方，アメリカのように高度に異質な記号社会においては，できるだけ与えられた特定のコンテクストを離れて，半ば外部の客観的な視点から，すべてを明示的に記号表現し尽くそうとする「線的言語」が志向されることになる。その場合，聞き手は話し手の表現する論理の連続性である「線」を主として辞書と文法という明示的な規則によって演繹的にたどるだけで，コミュニケーションはほぼ成立することになると考えられることになる。そのために，コンテクスト共有度の低い言語社会で用いられているコミュニケーションは，「話し手責任」によるものであると見なされることになる。すなわち，概して話し手が表現したことだけが理解されるということである。

　アメリカ英語のみならず，一般に異文化間コミュニケーションにおいて用いられる英語のコミュニケーションでは，いかに明示的な言葉による論理の構築によって相手に理解されるか，相手を説得できるかということが重視され，明示的な言語表現による主として演繹的な論理の構築が志向されることになる。したがって異文化間コミュニケーションで必要とされる英語の特性は，明示性の高い表現であるということになる。

しかし日本語のコミュニケーションでは，俳句の言葉のように暗示的に表現される必要最小限とも言える記号表現を「点」と見なして，そのような点と点をつなぐためにコンテクストを参照しながらアブダクションという仮説的な推論がおこなわれることになる（日本語とアブダクションについては，有馬 (2015) も参照）。

したがって，このような伝統的な日本語・日本文化のような社会において発達するのは，暗示的な記号表現から状況を「察する力」「感じとる力」，いわゆる「空気を読む力」，であるということになる。それはアブダクションという推論の中核を占める力である。このような推論は，幼児と母親との間のコミュニケーションにおいて顕著に見られるものでもある。しかしこのようなコミュニケーションを日本語話者が英語社会のおとなの聞き手に求めるならば，それは聞き手に『甘えた』話し手であると受け取られることになるだろう。また，その日本語話者が寡黙であったり沈黙を保っていたりすれば，その人は謎めいた人物に見えるか，あるいは自分の考えをはっきり表現することもできない未熟な人間であると受け取られるか，… というようなことにもなるだろう。

1.6.　コンテクスト依存性
―定型・抑制・思いやり・「間」のリズム

近年，日本を訪れる外国人は増え，日本企業の終身雇用制は揺らぎつつあり，これまでの「家族的な日本企業」というイメージは薄くなってきている。離婚が増えて家族制度はいささか不安定

になり，男性中心に作り上げられてきた「男らしさ・女らしさの神話」は，あまり信じられなくなっている。

　サッカーやラグビーの試合を見ていると，試合中の日本人選手も外国の選手と同じように全身で喜怒哀楽の感情を露わに表現しているように見えるし，日本の国技とされる相撲でさえ，以前はインタビューに「あー」「うー」と言葉にならない応答しかしなかった寡黙な力士たちも，かなりハキハキとした言葉で自己表現するようになりつつある。これには，サッカー・ラグビー・野球・相撲などのスポーツ界の国際化が一般社会に先駆けてかなり進んでいるということも，関係しているのかもしれない。そして日本の一般社会も，欧米のような都市型社会に変身しつつあることは否定できないように思われる。

　日本の社会形態は地縁・血縁・精神的連帯などによって自然発生的に形成される集団である村社会的な「ゲマインシャフト（Gemeinschaft）」型から，特定の目的や利害を達成するために組織化された企業などの利益集団や何らかの目的のために多様な人々が多くの地方から集まってくる都市などの「ゲゼルシャフト（Gesellschaft）」型へと少しずつ変質しつつあるのだろう。

　しかしよく見てみると，以下に示すように，まだまだ日本は言語文化の基本的な面においては，ゲマインシャフト型の社会であると思われる特徴が色濃く見られるということも否定できない事実である。西欧化しているのは，やはり未だ表面的なものにとどまっているのかもしれない。

　ゲマインシャフトの社会とは，コンテクストを高度に共有する

社会であり，その解釈のコード (Code) はゲゼルシャフトのコードのように非常に明確に細部まで体系化された「詳細コード (Elabolate codes)」ではなく，星雲状の意味内容のレパートリーである「制限コード (Restricted codes)」である (Bernstein (1970: 157-178); Hall (1976, 1983) ほか)。

　この制限コードとは，「～のような場合には，…のようにする」「～のような場合には，…のように言う」というように，日常の習慣的な思考・行為である規範の集積によって自ずから出来上がってきたものである。これは日常的にコンテクストを高度に共有している人々の間でのみ説明なしにわかるような解釈であって一般性に欠けているために，外部から入って来た人にはわかりにくい解釈である。本章においてこれまで見てきたように，「伝統的な」日本語・日本文化を基本的に支配してきたのは，やはりこのような制限コードであったと言わねばならないだろう。

　以下に述べる伝統的な日本語・日本文化の特徴である定型・抑制・思いやり・間のリズムは，すべて，コンテクストを高度に共有する解釈から生まれてきたものである。

1.6.1.　定型

　人間の感情・思考には私的な面と社会的な面があり，それらが創造的に統合されることによって社会的なコミュニケーションは成立している。夢の中のイメージに表されるような私的な側面だけでは，社会的な接点がないために，社会的なコミュニケーションは成立しない。しかしまた社会的な側面だけでは，創造的な私

的な思いや考えは表現の道を失うことになるだろう。

　コンテクスト共有度の高い社会では，たとえば「～のような場合には」，「…のように言う」とか「…のように振る舞う」というふうに，多くの場合，長年の経験によって習慣的に言葉や行為の「定型」がきまってきているものである。

　そのために，「よろしく」「それでは」「また」「ちょっと」「すみません」「ごめんなさい」「ありがとうございます」「失礼します」「恐縮です」「善処させていただきます」「前向きに考えさせていただきます」等の数えきれないほど多くの単純化された決まり文句が「定型」として蓄積されていて，どのような場面でどのような決まり文句をどのように用いるかということで，コミュニケーションはスムーズに成り立つことが多いものとなっている。

　このような定型は，衣食住その他あらゆる領域において，よく発達している。

　「衣」の定型について。

　　園児・学生・店員・作業員・会社員などの定型的な「制服」，あるいは会社員の「（制服に近い）皆同じようなダーク・スーツ」など。和服の場合，きものの袖丈や形を含む形の「定型」，どのような性別・年齢のどのような条件（既婚・未婚など）にある人がどのような色や柄のきものをどのように着こなすかということについての定型，など。

「食」の定型について。

　食において多様な料理に用いられる「箸」のシンプルな定型とその多様な箸使い。料理における季節の定型的取り合わせである「筍とわかめ」「賀茂なすの田楽」「秋刀魚と大根おろし」「鰤と大根（鰤大根）」等。食前食後の定型的な言葉である「いただきます」「ごちそうさま」等。

「住」の定型について。

　伝統的な日本の住まいは，家屋がそれだけで独立してあるというよりは，「濡れ縁」や「庭の眺め」や「借景」というコンテクストとの関係が定型的に発達している。また日本家屋では，各部屋は客間・寝室・居間・食堂…のように機能的に分かれているというよりは，同じ部屋がその時の都合（コンテクスト）によって，居間が寝室になったり大広間になったり…，部屋の大きさも都合によって屏風や襖によって多様に定型的に変化する。

その他の定型について。

　身のこなしや表情についても，どのような場においてどのような表情や振る舞いをとるべきかという定型性が行儀作法として発達している。

　このように，定型的な記号行動の発達しているところでは，どのような場においてどのような定型的な行動をとるかということが礼儀作法として重要な意味をもつことになる。

これにひきかえ，コンテクストの共有度の低い都市型の社会では，季節がいつであろうと，どのような場であろうと，周りの人の目を気にせずに，自分がその時最適であると思うことを自分の言葉で，行為で，表現することが志向されている。「まわりの状況にとらわれない」いわゆるコンテクスト・フリーと呼ばれる解釈がなされる傾向が強い。個人がそれぞれの文化的な背景を異にしているアメリカのような異文化社会で志向されているのは，このような解釈であり，そこでは高度に定型的な言葉や行為という記号行為は役に立たないために，定型性は育ちにくい。

1.6.2.　抑制─我慢・機が熟するのを待つ

コンテクストを高度に共有することによって，記号行動が「定型」化している場合，そのような定型から外れた私的な感情や思考は，とりあえずは表現されることなく，「我慢」「含蓄」などのかたちで抑制されることになる。

そのような社会においては，定型表現の大部分は，その社会で長年の間受け入れられているうちに，その社会の「規範」のようなものと化してきたものである。それは長年にわたる多くの人々の暗黙の合意によって習慣的に徐々に出来上がってきたものである。例外的な場合として，何らかの権威によって認められたために，新しい考えや新しい行動などがそのまますぐに受け入れられるということはあるが，そのような場合でも，その後の長い年月のうちにいろいろと手が加えられて，すっかりその場に馴染んだ形に変容していることが多いものである。

第1章　日本語・日本文化　41

　古い村社会におけるしきたりがなかなか変化しない一つの要因
としては，そのような伝統の重みによる既成の定型の習慣化とい
うことが認められることが多い。

　それではそのような社会において，私的な感情や思考はどのよ
うに抑圧されているのだろうか。そしてまた表現されることにな
るとすれば，どのようにして表現されることになるのだろうか。

　卑近な例として，たとえば伝統ある学校の制服の布地・色・ス
カートやズボンの長さなどについての厳しい規定や寮生活の門限
等についての規定が自分にとって適切であると思われないとき，
学生たちはどのような行動をとることになるだろうか。

　まじめな学生にとって，伝統ある学校の学則や学寮という自分
の所属する古くからある集団の規則は，「長年の間維持されてき
た社会的な規則」としてまず順守すべきものであると考えられる
ことだろう。そしてそれを受け入れたくないと思う自分に気づい
たとき，その規則が長年の間先輩たちによって受け入れられてき
た歴史の重みのようなものをも感じ取った上で，それを受け入れ
たくないという自分の考えが自分たちの学生生活をほんとうによ
りよいものにするものかどうか，慎重に再考することになるだろ
う。よく考えてみた結果，それが自分の好みとは相違するところ
はあるが，大部分の学生にとってはどうなのだろうと考えたりし
て，おそらく現状のまま「我慢」することになるというのが多い
のではないだろうか。そして，自分の感じた「違和感」について
は，親しい友人に話したりすることにとどまるかもしれない。そ
れは異議を唱えるというような種類のものではなく，個人的な感

情の発散という程度の「つぶやき」のようなものでしかない──大人の世界であれば，仕事帰りの同僚とのつきあいでの「憂さ晴らし」ということになるだろうか。

　しかしそれと同じような「違和感」が，時代の変化によって次第に多くの他の人たちにもはっきりと感じられるようになるとすれば，そのような「つぶやき」は，時を経て次第に多くの仲間の共感を得て強く共有されるようになるだろう。もうその時には，一体誰が最初にそのようなことをつぶやいたのか，おそらく忘却されてしまっているに違いない。そしてやがて機が熟してくると，ごく自然に大多数の関係者に共有されるように「なった」こととして，必要とされている規則の改定が現状に合わせて「自ずから」生み出されることになるだろう。

　しかしコンテクストの共有度の低い都市型の社会，欧米型のゲゼルシャフト的な社会では，最初に違和感を強く感じた学生は，すぐに自治会などに，自分たちの学生生活の質を高めるためには，当該規則を変更する方がよいのではないかと考える理由を明らかにして規則改定を提案し，賛否を交えた討論がおこなわれることになるだろう。これははっきりした改定案であり，なぜどのような人々がどのような考えによって改定案に賛成あるいは反対がなされているかも同時に明らかにされるとともに，それを機会にさらにすぐれた別の改定案が提出される可能性も出てくる。すべては詳細に，透明化された形で，かなりスピーディーに進行することになるだろう。

1.6.3. 思いやり

コンテクストの共有度の高い伝統的な日本の社会でのコミュニケーションでは，社会的規範が重視され，個人は常に自分の私的な感情や思考を何らかの形で抑制することを暗に求められることになる。そのような心的態度が日本文化に特徴的な「我慢」を生み出してきたのは，すでに見たとおりである。

そしてそれは常に全体や相手の立場に立って全体や相手のことを第一に考え，「自分の気持ちをそのまま直接表現するということのない」日本的な「思いやり」表現へと発展することにもなる。

たとえば伝統的な日本の旅館における「おもてなし」と欧米型のホテルのサービスを比較しただけでも，その相違は歴然としているのではないだろうか。

伝統的な日本の旅館では，「夕食は何時ごろにいたしましょうか」など客の都合が尋ねられ，客の都合に合わせて食事が客室に運ばれる。そしてその時に何も尋ねなくても，この客は今どのようなことを欲しているだろうかと推論された上で，その土地の名所旧跡などがなにげなく紹介されたり，翌日の客の予定に合わせていろいろと必要な情報も与えられ，客が入浴している間に食事の後片付けがなされ，蒲団が敷かれ，時には夜食の準備までなされていたりすることもある。客がして欲しいと思っているだろうと思われることについて，いわゆる気配りの届いた「つきっきりの世話」を受けることになる。

他方，ホテルでは，チェック・インを済ませて部屋のキーを渡された後はまったく客の自由に任しておかれるわけで，宿泊客は

レストランや喫茶やバーや娯楽施設などの営業時間に合わせて，利用したいところに勝手に足を運べばよいということになっている。もちろん，食事は外食ですませて，どこへも行かないという選択もある。こちらが積極的に働きかけないかぎり，ほとんど対人的な接触なしで済ませることも可能である。

　自宅に来客を迎える時も同様で，伝統的な日本式での接待の場合は，暑い日であれば冷たい飲み物がいいだろうか，日本茶よりもアイス・コーヒーなどのほうがいいのではないか，その人の健康状態から考えると…，年齢から考えると…，次に出す予定の料理から考えると…，子ども連れだから…とか，お茶ひとつ出されるにも，多様なアブダクションがなされることになる。

　しかし欧米式で行けば，提供可能な選択肢を示して，その中から「どれがいいですか」と自由に選んでもらえばよいだけのことである。しかし，伝統的な日本文化を好む人の場合，このように選択肢が出されることに軽い抵抗を覚える人もいるかもしれない——「いちいち尋ねないで，そちらで一番いいと思うものを黙って出してほしい」，と。もちろん欧米文化に慣れた若い世代には，具体的な選択肢を出される方がよいと思う人も今では多いかもしれない。

　このような「日本式思いやり」は日本製の車・炊飯器・テレビ・携帯電話・コンピュータ等のあらゆる日本製品にも表れていて，ちょっとした工夫によって使用者の「使い勝手の良さ」で高く評価されてきたのは日本製品の大きな特徴の一つになってきたものである。日本の優秀な技術者は，何も言われなくても，使用

者の立場に立って細やかな「気配り」を示すのを当然のことのように心得ている。それは，外国でも日本製品が好まれる大きな理由の一つになっている。

さて，このように常に相手のことや全体のことを優先して考える「思いやり」は，企業の上下関係のある仕事や，団結の必要なスポーツ等，あらゆる場面で優れた「チームワーク」を発揮することになる。そして，そのようなチームワークの中心にあって働いているのが，次に述べる「間をとること」「息を合わせること」という高度にコンテクスト依存的な時間感覚である。

1.6.4. 「間」のリズム

能のリズムは，トン・トン・トン・トン・トンートン・トンートンと八拍子の八つ目に進むにつれて「間」がせまくなるところがある。

「どうしてそうなるかというと，拍子が呼吸，つまり息にしたがって延びたり縮んだりする」（三善（1985: 79））からである。能では舞う人・謡う人・管・小鼓・大鼓の演奏者が，「自在な呼吸で演奏しながら，時にはかけ声で，時には打楽器の打つ音，あるいは謡の抑揚で，お互いが，お互いのきっかけを取り交わし」（同論文 同所）ながら，前もって楽譜に記すことのできない，そのようなコンテクストの中で偶然生じてくる「間」をとりながら演じられるという特徴がある。

同じようなことは文楽（＝人形浄瑠璃）についても言われており，三味線を弾く人・語りをする太夫・人形を使う人の三者は自

46

分の気持ちで演ずると同時に互いの息に合わせて調子をとる。「三味線と太夫のやり取りを音として聞きとった人形の使い手は，人形を動かしていくのに，その音を聞くと同時に人形としての必然的な動作を表現していく。つまりこの三者は必然をもった存在であると同時に，三者のその時の偶然の出会いが尊ばれ，生かされているということになります。したがってこれら三者の間には測ることのできない呼吸が取り交わされる。そして全体の流れは，規則的でない速度をもち，全体はやはり測ることのできない持続となるということではないでしょうか」（三善（1985: 106-108））と言われている。「息」という漢字が「自」と「心」のモンタージュであることは，このようなコンテクストの中では，特に興味深く思われることになる。「息は自らの，自らなる心の表われなのです。それが日本の音楽の本質なのです。つまり予測のつかない律動がそこで現れてくることになります」（三善　同論文）ということになる。

　このような邦楽の自然性については，その方面の専門家から学ぶべきことがいろいろと語られている。まず，邦楽そのものがコンテクスト依存性の高いものであることが，次のように記されている。

　　その［＝邦楽器の］響きは，自然の根源，その万象の響きと深く交感するものであり，作曲家としての自己の存在を厳しく否定する，謎に満ちた透徹な世界を，私に突きつけてやまなかった。… 日本人は音楽の理論的な構造に思いを巡ら

し，手を加えるよりも，可能な限りそれを簡略にし，一音の
みで全一であるがごとき，繊細きわまる微妙な音色を，深
め，磨き抜く傾向を示した。… 日本人は三味線の「サワリ」
などに見られるように，雑音（自然音）を最も肝要な音色の
要素として，取り入れたのである。… そして，このような
自然と不可分にある音色を持つ楽器のありようは，やがて
「間」という形而上的な美意識を生み出すのに到るのである。
… 拍は常に緩急自在に震動し，拍の縁がおぼろになり，有
拍と無拍の境を，時の捻のように揺らぐのである。さらに重
要なのは無拍である。尺八本曲の大部分は無拍によって演奏
され，この上もなく自由な非定量的時間に敏感に感応する。
この非定量的時間は，無秩序な時間を意味するものではな
い。それは秩序を越えた無形の秩序を呼び起こすものであ
り，緊迫した時間の磁場の，鋭い均衡の上で初めて成り立つ
ものなのである。　　　　　　（佐藤聡明（1987: 259-261, 262-263））

このように自然の中から自ずと生まれてくる記号表現は，無標の
自然性をよくあらわしているとともに，無標と有標の関係をよく
表していると言えないだろうか（本書 17 頁の図 2 を参照）。

　日本語・日本文化において，会話に見いだせる沈黙としての
「間」，書き言葉の句読点やパラグラフの改行のタイミングとして
の「間」，何か事が始まる前に置かれる「間」が，英語の論理的な
単位と関係するのではなく，「息」の切れ目と関係するようであ
るということは経験的に認められていることであると思われる。

この息の切れ目は，言葉を声にして詠みあげたときに自然に生ずるものでもある。

そして，川本茂雄の 1983 年に行われた最終講義（川本（1985: 23））によると，この息の単位に関係することとして，フランス語とフランス詩の専門家からの引用として，「8 音節あたりが人間のリズム感覚の根本らしい」（ニコラ・リュウェ（Nicolas Ruwet）による東京での講義）こと，そして「人間の認知は，たぶん，8 音節がマクシムなんだろう」（ブノワ・ド・コルニュリェ（Benoît de Cornulier），と述べられている。すなわち八拍子という息の単位の普遍性に関係するような見解が述べられている。このことは，能の八拍子の息のリズムおよび第 2 章で論ずることになる俳句のリズムとの関係において興味深い（この点については，さらに本書第 2 章 2.1 節を参照）。

日本語・日本文化では，物事の正誤は絶対的な基準によって決まるのではなく，コンテクストとの関係によって決まるらしいということは，長年の習慣的な言葉遣いにも表れている。特定のコンテクストにおいて適切な関係にあれば「間がいい」「間に合う」と呼ばれ，適切な関係でない場合には「間違い」「間に合わない」などと呼ばれることになる。

時間感覚すなわちリズムは解釈の核心にあるものであるが，日本文化の時間感覚としてのリズムがコンテクストとの関係によって生ずる「間」の感覚にあるということは，日本語・日本文化のコンテクスト依存性の高さを端的に表していると言ってよいだろう（解釈のかたちとしての時間感覚については，有馬（1995, 2012）を参照）。

第 2 章

俳句と「日本語・日本文化」

日本の詩歌を振り返ってみると，上代には片歌 (577)，旋頭歌 (577 577)，短歌 (57 57 7)，仏足石歌 (57 57 77)，長歌 (57 57 … 577 [57 の繰り返しの後，最後は 577 で終わる])，等いろいろなかたちの歌があった。このように見ると，5 音と 7 音が日本の古い詩歌の基本的な調になっているのではないかということが感じられてくる。

　橋閒石 (1903-1992) は，その著書 (2011: 16, 48-50) において，日本の謡曲や浄瑠璃という謡い物の典型的な調としてこの 5 音と 7 音があることを指摘しているのみならず，それが神武天皇の昔から明治の島崎藤村の「千曲川」(57 調) や土井晩翠の「荒城の月」(75 調) に至るまで見いだせることを例示し，57 調が荘重雄渾な感じを，75 調が流暢軽快な響きを与えていることを指摘している。そして万葉集も時代を下るにつれて，この 75 調の調べが多くなる傾向があり，古今集を経て新古今集にはいると 75 調が著しく目立ってくること，57 調が 75 調より古い調べであることを示唆した後，次のように興味深いことを述べている。

　「57 調では，最初の 7 が上の 5 に連結するのに反して，75 調では，5・75・77 と云う風に，上の 5 と切れて下の 5 に結びつく傾向になります。髄って第二の五と次の七との関係が薄くなって，7 と 7 が緊密に繋がるようになります」と述べて，次のように「春過ぎて」の 57 調との対比において，75 調の「夕されば」「願はくば」を例示している。

このようにして，57 調では上の句と下の句を折半することができなかったのが，75 調になって初めてそれが自然に出来るようになったということに気づかれている。そして連歌の発生をこの頃と推定する説もあるが，実際は本格的な連歌の成長のためにはもっと長い年月が必要であっただろうと考えた上で，連歌の発生はそれまでのように上の句に下の句を付けるのみではなく，下の句に上の句を付けるという連歌の画期的な飛躍を見た頃ではないかと推定されている（橋 (2011: 50)）。このようにして二者間の唱和に過ぎなかったものが，いくらでも鎖のように繋（つな）ぐことのできる連歌へと発展したのではないかというのである。

「俳句」は「俳諧の連歌の発句」から発達してきたものであり，このようにして成立した 575 の 17 音の短詩形を「俳句」と呼ぶことは，明治 25 年頃，正岡子規を中心とする人々によって始められたことであった。それは初めは「発句」と呼ばれていたが，やがて「俳句」と呼ばれるようになっていっ

願はくば　5	夕されば　5	春過ぎて　5
花の下にて　7	角田の稲葉　7	夏来るらし|しろたへの　7
春死なむ|そのきさらぎの　5	おとづれて|蘆のまろやに　5	衣ほしたり|天の香具山　5
望月の頃	秋風ぞ吹く　7	7
西行法師（続古今集）	源経信（金葉集）	持統天皇（万葉集）

た。当時俳句の革新運動を進めていた子規は，「既に一句独立して一篇の文学たるものを，発句と云うは当たらず，須らく俳句と称すべし」と唱えていた。

それは以上に述べたように 575 と 77 が切れて，77 から独立した 575 の連歌の発句が成立して初めて可能になった形式であった。

平安時代以降は，長歌，旋頭歌などはあまり作られなくなり，仏足石歌体は奈良時代に行われたのみで，その後廃絶し，和歌（＝漢詩に対して上代から行われた日本固有の詩歌）と言えば短歌が中心となり，短歌に加えて長歌・旋頭歌も作った江戸時代の良寛（1758-1831）のような人もあったが，そのような人は多くはなかった。

連歌は，このようにして短歌の「上の句 575」と「下の句 77」を基盤として，全体を一人で読む独吟もあるが，多くは二人以上，ときに十数人にも及ぶ作者の連作する詩形式である。歴史的には，上の句と下の句を別人が詠む遊びが起源であり，このような形式は短連歌と呼ばれている。平安時代には長短 2 句のみの短連歌が流行した。

これに対して，上の句 575（長句）に下の句 77（短句）をつけて，さらに 575，77，575 … と次の句をつけて展開して，百句をもって一作品（＝100 韻）とするような長大な形式は，長連歌と呼ばれている。長連歌には百韻より長い千句や万句等があり，また百韻より短い歌仙（36 句）等の縮小された形式もある。第一句は発句，次句は脇，第三句は第三，最終句は挙句と呼ばれている。

第2章　俳句と「日本語・日本文化」　53

　100韻の形式等，連歌が本格的な形を整えてきたのは後鳥羽院の13世紀の頃で，その頃，有心連歌と無心連歌，すなわち優雅な連歌と流俗な連歌の区別がなされ，上は宮廷から下は庶民に至るまで盛んに連歌の会がなされ，連歌は庶民階級にも深く浸透するようになった。

　そして従来の連歌師は皆，本連歌（有心連歌）を重んじて俳諧連歌（無心連歌）を余技と見做していたのを，煩瑣な規則に縛られて沈滞しがちであった本連歌に厭気がさしてもっと活気のある自由な連歌を渇望する人々の思いに応えようとした山崎宗鑑（生没年未詳）と荒木田守武（1473-1549）の二人の連歌師は，初めて本連歌の貴族趣味を放棄して俳諧連歌に専念し，俳諧連歌を本連歌と対等の地位に引き上げたのであった。ここに和歌の貴族性に対する「俳句の平民性」が勢いを増し，真の平民文学が誕生したのであった（橋（同書 pp. 60-61）ほかを参照）。

　さて，連歌の最初の句である発句が，今日の俳句のような独立した詩になるための条件としては，次の三項目が必要とされた。(1) 下句を予想させる和歌の上句のようなものではなく，それだけで纏まった内容と，完結した言葉づかいとをもつこと (2) 連歌の発句には必ず脇句をつけて続けてゆくものであるが，そうしないで，発句だけ単独に詠むこと (3) 必ず季節を表すこと。

　俳諧の連歌の基礎は，宗鑑・守武の下で固められた。連歌は複数の人々が詠み連ねる共作で，室町時代（1336-1573）に最盛期を迎え，俳諧連歌は江戸時代（1603-1867）の俳諧のもととなった。このような共作は，本書の第一章で見たようにコンテクスト

共有度の高い日本人の伝統的な日常生活の延長線上にあるものとして，ごく自然に受け入れられたに違いない。宗鑑・守武の没後しばらく俳諧はあまり振るわなかったが，関ヶ原の戦（1600）の後，世の中が落ち着くにしたがって，庶民の文学として俳諧はめざましい発展を示すことになった。

　ところで，橋閒石（前掲書 pp. 40-41）によると，俳諧は「誹諧」と記されることがあるが，中国では古くから「俳諧」と記されていたのを日本では「諧」の言篇に合わせて「誹諧」として誤って用いられたが（「誹」は「そしる」という意味であって，この意味は「俳句」とは無関係である），芭蕉の頃から「俳句」という文字が用いられるようになっていったという。「俳諧」は「たわむれ，おかしみ」を意味する語であった。

　さて，松永貞徳（1571-1653）は伝統的なスタイルに敬意を払う短歌と連歌の作者であったが，学識深く才に富んで衆望を集め，俳諧は和歌連歌に入る「階梯」であるという考えの持ち主でもあった。穏健で社会性にも恵まれていた貞徳は，弟子たちに推されて貞門俳諧の宗匠となった。貞門では，それまでの卑猥なものを排し，比較的上品な機知・滑稽を旨とするようになり，俳言（伝統的な和歌・連歌では用いられない俗語・漢語）が用いられて，縁語や掛け詞による滑稽が求められた。

　十七世紀になると，西山宗因（1605-1682）の下で談林派は，「俗語・漢語を自由に駆使して，あえて定型にこだわらず，素材は周囲の現実から大胆に取材して，生新奇抜な滑稽を盛る」ようになった（井本農一（1972; 1974）参照）。しかし門人たちはあまり

に新しきに過ぎるところを求めた結果，遂には放縦で怪奇な姿を呈するようになり，宗因も晩年には俳諧の口を閉じて連歌に還ったと言われている（橋 (2011: 99)）。

　そのような中で，松尾芭蕉 (1644-1694) は，若い頃にこれら両派を経験した後，「寂（幽玄・わびの美意識に立ち，物静かで奥ゆかしい風情が，洗練されて自然と外に匂い出たもの。）「しをり（対象に対する作者の哀憐の感情が自然に余情として句に表れたもの）」「細み（作者の心が対象に微かに深く入り込んでとらえる美，およびそれが繊細微妙に表現されたもの）」そして晩年には「軽み（日常卑近な題材の中に新しい美を発見し，それを平淡にさらりと表現すること）」を重んずる自身の「蕉風」を打ち立てることになった。

　蕉風連歌では，句は言葉遊びや言葉の直接的な意味によって結びつくのではなく，「匂い・ひびき・面影」というような暗示的な潜在的連想によって関係づけられるものとなった。このような変化について，貞門派の「詞付」，談林派の「心付」，蕉風の「匂付」と称されることがある。

　また芭蕉は俳諧に，「不易と流行」という言葉で知られているように，「恒久的なもの」と「常に変化してゆく時代の新しさ」を求め，風雅（自我を去ることによって得られる心の自由）の道を求めて，俳諧をそれまでにない高みへと導

芭蕉翁の賛

是の翁以前に　是の翁無く
是の翁以後に　是の翁無し
芭蕉翁　芭蕉翁
人をして　千古是の翁を仰
が使む

いたことが知られている。「芭蕉翁の賛」において，良寛（1758-1831）はこのように芭蕉を絶賛している。

　良寛は短歌ほど多くではないにしても，たとえば次のような長歌，旋頭歌，俳句（俳諧の発句）をも数多く作っている（下記の良寛の俳句は（詞書を除いて）谷川敏朗（2014）『校注　良寛全句集』より，その他は東郷豊治（1963）『良寛歌集』より引用）。

（長歌）
あしひきの　国上の山に　家居して　い往き還らひ
山見れば　山も見がほし　里見れば　里もゆたけし
春べには　花咲きを、り　秋されば　もみぢを手折り
ひさかたの　月にかざして　あらたまの　年の十とせは
すぎにけらしも

（旋頭歌）
あさづくひ　向ひの岡に　小牡鹿たてり　神無月　しぐれの雨に
濡れつ、立てり

（短歌）
わが待ちし秋は来ぬらし今宵しもいとひき虫の鳴きそめにけり
　　　　　　　　　　　　　　　　　　　［＊「いとひき虫」はコオロギ］

（俳句）
盗人にとり残されし窓の月
　　　　　　［良寛の五合庵へ賊の入りたるあとにて］

倒るれば倒るるままの庭の草
　　　　［良寛七三歳、この年の夏は記録的な暑さであった。良寛は七四歳で世を去った。］

第2章 俳句と「日本語・日本文化」 57

　芭蕉の俳句の多くは俳諧連歌の発句であった。連歌の発句に季語を入れることは室町時代に確立され，それは俳諧にも俳句にも踏襲されることになった。

　俳句は，江戸時代後期，その生活意識を広く自由に表現した異色の俳人，小林一茶（1763-1827）の後，50年近くなっても新たにめざましい俳人の活躍はみられなかった。そのような状態にあって，正岡子規は短歌と俳句の未来に大変悲観的であったがゆえに，また芭蕉の没後200年祭が行われたとき，芭蕉に対するゆきすぎた追従が示されたのに対していらだちを覚えたがゆえに，苛烈な批判を書くことになった（キーン（2011: 288）を参照）。子規は「芭蕉の俳句は過半悪句駄句を以って埋められ，…」と批判したために，その後は芭蕉の擁護者はその卓越性を証明しないで芭蕉をほめることが難しくなり，子規の批判は安直な芭蕉崇拝から人々の目を覚ますことになった（同論文）。

　たとえば芭蕉の名句「枯枝に烏のとまりたるや秋の暮」について，子規は，「一句の言い廻しあながちに悪しとにもあらねども，『枯木寒鴉』の4字は漢学者流の熟語にて耳に口に馴れたるを，其まま訳して枯枝に烏とまるとは芭蕉ならでも能く言い得べく，今更に珍しからぬ心地すなり」と順当な批評を加えたことが大いに既成の大勢を揺さぶることになり，俳句はまだ生きていることを証明した（キーン（2012: 299）ほかを参照）のであった。

　そこで子規は，「芭蕉を批判することによって芭蕉をよみがえらせ」，「俳句の伝統を救うことになった反伝統主義者」であると呼ばれることがある。そもそも「子規の革新はまず芭蕉を見いだ

すことから始まった」もので，「子規は芭蕉の革新精神を自己の
革新精神とし，日本民族芸術を復興して新しい明治の芸術を建設
しようと企てていた」のであった。子規が明治 24 年，「俳句分
類」の仕事を通じて「俳眼」を開いたのは，それによって芭蕉よ
り前の俳風が一種の言葉遊びに過ぎないことを悟ったからであ
り，それによって俳句革新の熱意と自覚を深めることになったの
であった (橋 (2011: 378-379))。

　さて，俳句史上において際立った存在である芭蕉・蕪村・一
茶・子規については，それぞれの時代に彼らが行った変革のかた
ちについて，次の第 3 章において詳しく見てみたいと思う。

　この第 2 章では，俳句の主要な特徴となっている「575 の定
型・季語・切れ字・文語と歴史的仮名遣い・結社の活動」をとり
あげながら，それらがどのように第 1 章でとりあげた日本語・
日本文化の特質と関係することになるのかということについて適
宜「解釈の記号論」から考えてみたいと思う。

　なお俳句と同じように 575 の定型を保持している 17 音の民衆
詩である川柳との比較において，その間の相違については次のよ
うなことが認められている (橋 (2011: 233-234))。

	俳句	川柳
1.	発句の独立したもの	（連句の長短二句（575|77）の後句（77）に対して前句（575）を付ける）「前句付」の独立したもの

第2章　俳句と「日本語・日本文化」　59

2.　伝統的に発句には季題が　　（前句付が連句中の人事句に
　　必須であったため，　　　　主として興味をもった関係上）
　　「季題は必須」　　　　　　「季題の有無を問題にしない」

3.　（発句から出たため）　　　（平句から出たため）
　　「切れ字を重視」　　　　　「切れ字は問題にしない」

4.　原則として「文語」を使用　「口語俗語」を使用
　　　　　　　　　　　　　　　（一般大衆を対象とするため）

5.　「自然」が常に主題　　　　「人間」が主題

なお上記の説明文の中で連句というのは連歌のことであるが，連句と呼べば575で一句77でも一句という一句一句の独立性が理解しやすくなるという見方にしたがったものである。この連句について浅沼璞は次のようにその構造をわかりやすく説明している（引用文中の〔　〕の中は引用者）。

　〔連句の〕まず一巻（一つの作品）の一句一句を順番に呼ぶ場合，発句の次が脇句，その次が第三，そして四句目以降をすべて平句，最後だけ挙句（揚句）といいます。

　…
①　発句　575・長句
②　脇句　77句・短句
③　　第三　575・長句
④　　四句目（平句）　77・短句
⑤　　五句目（平句）　575・長句

```
・  （平句）      ・
・              ・
・  （平句）      ・
○挙句    （揚句）   77・短句
```

…長句・短句と書いたのは，音数律での呼称です。発句は長句で次の脇句は短句…となるわけです。一巻を見渡せば，発句より数えて奇数番目が長句，偶数番目が短句となります。したがって発句や第三はつねに長句，脇句や挙句は短句です（浅沼璞（2016: 8-9））。

2.1. 「五七五」の定型と「間」のリズム

　日本語の俳句の定型は，5・7・5という音数律（モーラ（Mora），拍の数）に基づいたものとなっている。

隠国の　泊瀬の河の
上つ瀬に　斎杙を打ち
下つ瀬に　真杙を打ち
斎杙には　鏡を懸け
真杙には　真玉を懸け
真玉なす　吾が思ふ妹
鏡なす　吾が思ふ妻
有りと言はばこそよ
家にも行かめ　国をも偲はめ
とうたひたまひき。
（キーン（二〇一二：四五二〜四五三）

第2章 俳句と「日本語・日本文化」　61

　日本最古の『古事記』の中に見いだせる歌の各行の長さは，一定してはいなかった。たとえば軽太子（かるのひつぎのみこ）が恋人に寄せた歌では，各行は上記のように「57・56・56・56・56・56・56・9・78」と不規則になっている。

　キーン（2011: 452-454）によれば，『古事記』の編纂者は古事記の「詩」の部分を非常に大切なものと考え，それをそのまま言葉通り残したのであった。詩の部分は，「神あるいは神に近い人たちの口から出る神聖な言葉で，意味がわからなくても正確に引用しなければならない」と考えられていたからであり，日本語の音そのものが重要で，それは意味を越えた霊力をもつと考えられていたからであるという。

　『古事記』編纂の約50年後に『万葉集』は大体今あるかたちに出来上がったが，そこでは57あるいは577の組み合わせがよく用いられるようになっている。

　万葉集においてもっとも一般的なのは「57577」の5句から成る短歌で，それが全体の9割以上を占め，長歌（57 57 … 577）は10数句〜20数句のものが多いという。旋頭歌は「577 577」の6句から成り，3句で切れて，3句ずつの掛け合い形式になっている（坂本勝（2009: 15-16））。

　そこで今日の日本の短詩として生き延びている短歌・俳句について考えてみるとき，万葉集に一番多い短歌の形57577が日本の詩の定型となっていったのではないかと考えられてくる。

　万葉集の短歌は，次のようにすでに今日と同じような57577の形式をもっていたのである。

岩代の　浜松が枝を
引き結び
ま幸くあらば　また帰り見む
　　　　　有間皇子（巻二・一四一）
あかねさす　紫野行き
標野行き
野守は見ずや　君が袖振る
　　　　　額田王　（巻一・二〇）
君待つと　我が恋ひ居れば
わが屋戸の
簾　動かし　秋の風吹く
　　　　　額田王（巻四・四八八）

次に見るのは，ずっと時代がさがって，俳句が連句の発句として詠まれたかたちである。

菜の花や月は東に日は西に
　　蕪村　（発句）五七五
山もと遠く鷺かすみ行く
　　楞良　（脇）七七

日本語の詩歌が『古事記』と『万葉集』の間の頃にいくらかの揺れはあったにせよ，基本的には575と77の組み合わせとなって定着していったのではないかということが推定されている。

そして俳句は勿論のこと短歌もその他の詩歌もすべて，原則として，5および7という奇数の音律になっている。このことは，第1章（1.4節）で見てきた日本語・日本文化において好まれる「割り切れない数字」としての奇数ということでもあり，日本語・日本文化における「未完（＝完結していないこと），非対称性」への好みを表していると見ることができるかもしれない。偶数は割り切れるので，左右対称形を形成し，完

第 2 章 俳句と「日本語・日本文化」 63

結性を暗示するので，日本文化ではやや退屈なものとみなされる
傾向があるという見方である。

　また，このことについて第 1 章（1.6.4 節「間をとる」）で述べた
ような能楽などで用いられる「自然の息のリズム」である 8 拍子
との関係について見ると，どうだろうか。同所で川本（1985:
23）を引用して論じたように，そこでは人間の認知における 8 拍
子の息のリズムの普遍性ということが興味深い問題になるだろ
う。そしてこのことは，心理学の記憶研究におけるワーキングメ
モリーについてのミラー（1956）の（マジカルナンバー 7±2）説
や，先に 60 頁に引用した古事記等の古い歌において 5 拍と 7 拍
以外にも時に見いだされることのある 8 拍や 9 拍とも関係があ
るかもしれない。すなわちヒトが記憶できる量は「チャンク」と
呼ばれる塊で表すと「7±2」の範囲に収まるということである
（ただし厳密に言えば，記憶容量は素材の種類に依存して微調整
されるという。数字なら約 7 個，文字なら約 6 個，単語なら約 5
個というふうに）。

　8 拍より短くて 8 拍に最も近い奇数の拍は 7 拍であり，奇数 7
の次に小さい奇数は 5 であることを考えると，5 と 7 の組み合わ
せは必然的な組み合わせであると推測されることになるだろう。
なぜならば俳句はその短さのゆえに，最大限の音数節約が志向さ
れるはずであり，そのために，限られた音数律でできるだけ多く
の情報を伝えるためには，5 より小さい奇数の音数律である 3 や
1 は不経済な音律として避けられることになるだろうと思われる
からである。

俳句の5・7・5の切れ目は俳句を声に出して詠んだときの自然な「間」の感覚によってきまってくるので，字余りの場合なども含めて，実際の切れ目は微妙に変化するところがあるとは思われるものの，次の芭蕉の「古池や」の例で見るように，575の定型においては，基本的な8拍子の中で575の俳句のリズムはほぼ次のようになると思われる。下記の表記では，音数律を数えやすいようにすべて平仮名表記とし，沈黙の空拍は○で表記することにした。また俳句は（色紙などに書かれる場合以外では）通常一行連続表記であるが，各行の音数律の比較がなされやすいように，ここでは3行で表記することにした。

　　図3

　　　ふるいけや○○○

　　　かはづとびこむ○

　　　みづのおと○○○

日本語では1字1モーラ（1拍）であるから，575から成る俳句は17字17モーラである。自然の息のリズム8拍子説にしたがって芭蕉の句「古池や蛙飛こむ水のおと」のモーラ表記を試みるとすれば，空白○を含む図3のようになる。（俳句のリズムについては，ここに論じられていないような見方もあり，川本皓嗣（1991）も参照されたい。）

　基本的に自然の息のリズム「8拍」が流れているとすれば，言語音ばかりを意識しているときには見逃されがちな○で示したような沈黙のリズムがそこに隠れて働いていることが分かってく

第2章 俳句と「日本語・日本文化」　65

る。第2行目の最後にあるような最低1拍の沈黙のリズムは，俳句のように手法的に未完を旨とする意味の単位を示すものとして，「余韻・余情」のために必要とされることになるだろう。

　そこで問題になるのは，第1フレーズと第3フレーズの後の3拍の空拍から，第2フレーズの後同様，すべての語句の後に余韻として必要とされるであろう1拍を差し引いた結果として残る余分の「2拍の空拍」という大きな沈黙である。そこでまず第3フレーズの後の大きな空白について考えてみると，視点を変えれば，それはこの作品全体の最後に置かれたものであり，作品全体の比較的大きな余韻のために設けられたものと解釈することができるだろう。

　このように考えていくと，第1フレーズの後のもう一つの大きな空白は，この一つの作品の中で第2・第3フレーズを合わせたまとまりに対立する大きな断続性と同時にそこに隠された連続性という緊張を暗示している可能性があるということになる。第4章において後述するように，俳句がイメージとイメージの衝突から生み出される解釈の創造性を大きな特徴としていることはよく知られている。そうであるとすれば，第1フレーズの後のこの大きな沈黙を示す空白は，後続の二つのフレーズとの間の何らかのイメージの創造的衝突を暗示し，それは字義通りの部分的な意味の足し算以上の意味を創出するためにあると考えられることになるだろう。

　たとえばこの作品では，すでに指摘されているように，それまで「蛙」は河鹿蛙の声や「山吹」と並べられるという暗黙の約束

事があったのに対して，そこに「古池」をもってきたところにイメージの大きな異化が行われていることが暗示されている。

　伝統的な日本語・日本文化の構造そのものが複雑な論理関係の「明示的な表現には向いておらず」，詩的な取り合わせ，すなわちモンタージュ，による「暗示的表現に向いている」ことは，第1章で見てきたとおりである。

　この「古池や」の俳句の定型575に見いだされるモンタージュ効果は，「古池」と「蛙飛こむ水のおと」の二つの取り合わせにあるとともに，これら二つの取り合わせをその断続性によって強調する働きをする第一フレーズ「古池」の後につけられた詠嘆を表す切れ字「や」によって強調されている。各行に見いだされる一つと三つの空拍表現の相違は，詠みあげたときの断続性による暗示的表現の大きさの相違として感じとられることになるだろう。そして，ただ取り合わせとして断続的に並置された語句は，関係する多様なコンテクストを考慮に入れた創造的推論（アブダクション）によって，さらに具体的に深く多様に推論（解釈）されることになる。既述の通り，アブダクションは，「〜の場合には…」という仮説に基づいてなされる感情的な推論であり，創造的論理である。この一句について，これまでいくつかの解釈が行われてきたのも，ここにその理由の一つがあるのだろう。仮説的推論であるアブダクションから，「唯一絶対」の解釈が導き出される可能性は低いものである。

　日本語の日常会話において，状況その他のコンテクストから推測可能なことは出来るだけ表現しないでおくという「省略」の結

第2章 俳句と「日本語・日本文化」 67

果，日本語は要点だけを点と点で表すモンタージュ形式になっている。そのために，解釈する人はその点と点をどのようにつなぐかという推論において，「～の場合には …」といういくつかの仮説を立てて，いわば自らも作者となって，想定されるコンテクストに最も適切な解を与えるために作者と共に共同作業としての「アブダクション」を行うと言ってよいだろう。また，この仮説的推論は作者の想定するコンテクストを離れた読者としての解釈者の想定するコンテクストに沿って行われることも多い。したがって，その解は必ずしも一つではなく，しばしば複数の解が見いだされることになる。

　俳句においては，この種の「省略」による暗示性は 575 の自然の「間(ま)」のリズム—機械的な等間隔のリズムではなく，邦楽においてみられるような「自然の」息にしたがって伸びたり縮んだりするリズム—においてのみならず，後述するように季語・切れ字・一行連続表記など，いろいろな形式をとって働く暗示的な連想として働いていると思われる。

　ここで 575 のリズムについて何よりも注目しておきたいことは，このリズムの背景に八拍子という「自然の息」のリズムが働いていることである。日本語・日本文化の背景に常に存在する「自然性」が，日本語の典型的な詩の形である「俳句のリズム」においても働いているということを忘れてはならないだろう。

　このように見ると，575 という俳句のリズムの定型性は，これまでの日本語の基本的特徴としての自然性と切り離せないものとして重視されなければならないことがわかってくる。

字余りの句については次のような見方がある。

> 　字余りの句には，字余りにしなければどうしても言えない
> 場合と，調子の上の効果を狙う為，判り易く言えば口調を良
> くする為の場合と，二通りあります。… 推敲に苦心もしな
> いで，無闇に調を破ることは恥ずべきことです。芭蕉は …
> 「舌頭に千転せよ」と門人を戒めています。句が頭の中で一
> 応纏まったならば，その句を舌の先で百編も千遍も転がして
> みて，調子の耳障りなものや，収まりの悪い個所は，滑らか
> な響きをもつまで，何度でも語を置き替えては言い直して見
> よ，と教えたのであります。　　　　　　　　（橋 (2011: 20)）

　芭蕉にも，談林の時期など比較的初期の俳句においては字余り
の句も少なからず見いだせることはよく知られている通りであ
る。また，次のように字余りでなければよくないような句もある。

　手にとらば消えん涙ぞあつき秋の霜

　（芭蕉は父の大病の知らせを受けて帰郷し
た以外には絶えて帰省しなかったが，そ
の間に両親ともに亡くなり，今は亡き母
の白髪を拝んで泣いたのである。熱い涙
に白髪は秋の霜と消え失せるだろうと詠
まれている。[霜は白髪の比喩としてよく
用いられる]「八音からなる…字余りが
感情の高ぶりをよく表して効果的」

（雲英・佐藤（訳注）（二〇一〇：四〇二））

しかしすでに見て
きたように，575
の定型は日本語・
日本文化の性質と
密接に関係してい
ることは明らかで
あり，したがって
外国語・外国文化
で俳句が詠まれる
ときには，自ずか

第2章　俳句と「日本語・日本文化」　　69

らこれとは相違するリズムが求められることになるだろう。そして
てまた日本語・日本文化においても，それが何らかの理由によっ
て本質的に大きく変化するときには，日本語の俳句のかたちもま
た自ずからなんらかの変化を示すことになるに違いない。

　たとえば，結社「青玄」で試みられている次のような「分かち

書き」は，高度に共有されるコン
テクストをあてにした伝統的な連
続表記よりもコンテクスト・フ
リーを志向する西欧化する現代社
会を反映した明示性の高い表記法
であると見ることができるだろ
う。

　また，「咳をしても一人」(尾崎
放哉),「まっすぐな道でさみしい」
(種田山頭火)のような自由律の俳
句が生じた背景にも，それまでの
暗示的な社会的定型性では表しき
れない生活感情の変化がリズムと

大小のすべて全し　しゃぼん玉
　　　　　(伊丹　三樹彦　『青玄』通巻四一二号十二頁)

自転し　空転し　いのちのしゃぼん玉
　　　　　(伊丹　三樹彦　同書同所)

花辛夷　空の青さに染まらずいる
　　　　　(奥　美智子　『黄心樹』九九頁)

して彼らには習慣的に（あるいは，一時的であるにしても強く）
感じられるようになっていたに違いない。たとえそれが一時的な
ことであったり，ある特定の先鋭的な人たちだけに限られたこと
であったにしても，どのような現象にもその原因となる解釈の変
化を示すリズムの変化があるに違いないと思われるからである。

2.2. 季語と多くの暗黙の約束事

　いろいろな点で同質性の高い社会というのは，コミュニケーションの形態から言えば，いわば家族のような社会であり，すべてを表現しなくても，部分から全体が習慣的に推論されやすい社会，すなわち文脈や状況から細部が推論されやすいコンテクスト依存性の高い社会になっているということである。

　言葉の切れ端，ちょっとした表情や身振りなどだけから，関連する多くの情報が得られるような，型にはまったコミュニケーションが行われる傾向の強い社会である。そこでは，「～のような場合には…」というふうに，場合に応じて解釈が定型化しているために，言葉の切れ端から相手の真意を思いやる・推し測るということも多い。

　俳句のように短い言語表現において高度の詩的メッセージを伝えるためには，多くのことが言外においてコミュニケートされている必要があり，そのためには俳句の話し手（作者）と聞き手（読み手）がコンテクストを高度に共有していることが望ましい。

　第1章で見てきたように，伝統的な日本語・日本文化は，400年続いた平安朝の貴族社会をはじめとして，そのような高度のコンテクスト依存性において成り立っているところが比較的強く見られる言語文化なのであった。

　「花」と言えばそれは春の桜の花，「郭公」と言えば夏，「月」の美しいのは秋，そして冬と言えば「雪」というように象徴的な自然の風物に季節感を結びつける「季語」という見方は，万葉集の

第2章　俳句と「日本語・日本文化」　71

昔にはそれほど発達していなかったようである。それが，古今，新古今 … と時代が下り，次第に社会的に強く規範化されたものの見方が強くなるに従って，月はどの季節にも見ることができても，月が最も美しく見えると人々が感じる季節は秋，花と言えば … 奈良時代ではそのほのかな香りに春の到来を感ずる梅であったのが，平安朝の京の都の人々にとっては，（咲いたかと思えば散り急ぐ）桜である …，というふうにその時代の人々にその土地の季節を象徴していると思われている事象が季語として次第に多く取り上げられるようになってきたのであった。

　このように季節と関係する社会的に共有される暗示性に富んだ語句が季語として一つの句に一つあるとすれば，その句が詠まれている自然の時間（季節）と空間（場所）は自ずから特定されやすくなり，強く発達した連想によってその一句の世界が具体的なかたちをとって焦点化されてくることになる。

　すでに見てきたように，俳句では575という自然の息のリズムが音数律の定型として基本的に共有されている。57そして75に類する音数律は，古事記や万葉集の昔から日本の詩歌において愛好されてきた自然の息のリズムであり，（割り切れないという意味においても余韻のある）奇数の音数によるリズムであり，俳句という短い詩に必要な短い表現である。そして季節を象徴する言葉である「季語」もまた，何よりも「自然」とのつながりを示す連想力の深い指標（インデックス）となっている。

　「歳時記」を繰ってみると，一年は立春（2月4日）・立夏（5月6日）・立秋（8月8日）・立冬（11月7日）と正月（1月1日）

を起点に，春夏秋冬と新年の季節に分けられている。そして，多くの場合，各季節は時候・天文のみならず，地理・生活・行事・動物・植物と生活万般にわたる多様な項目に分けられて，それぞれの季節の「季語」が記載されている。

　現代日本のいわゆる共通語に相当する言葉は東京の首都圏あたりの言葉というのがほぼ暗黙の了解ということになっているようであるが，「歳時記」に記載されている季語についてはどうだろうか。かつて長い間日本文化の中心は京都にあり，その後徳川時代になって江戸に，そして明治になって江戸は東京と呼ばれるようになっても，季節感を始め歳時記の記載事項はほぼ京都中心のものであった。京都と東京では緯度もほぼ同じで，それほど大きな不都合を感じさせるほどの相違はないためであろうか，京都中心の歳時記は京都・東京を中心にいくらかの加筆補筆がなされながら，今日でも概してそのまま全国規模において用いられていることが多いようである。

　しかし日本国内でも北海道と沖縄ではそこで暮らす人々の季節感には大きな相違があることは明白である。また，20世紀前後になって朝鮮・台湾・中国等の人々の生活が視野に入ってくる事態となり，従来の日本の歳時記ではとても間に合わない事象と取り組まねばならないようなこともあった。

　しかし俳句のように短い詩においては，句作からの必要上，何らかの特定のコンテクストを共有することは必要欠くべからざる条件とされてきたのであった。コンテクストによって共有されている部分が強ければ強いほど，言語表現は少なくても，共有され

第2章　俳句と「日本語・日本文化」　73

るコンテクストの暗示性の強さによって細部が補完されていると
感じられてきたからだろう。

　しかし容易にコンテクストを共有できない海外の異文化におけ
る俳句も盛んになってきて，今日私たちはこれまで敢えてあまり
意識しようとしなかった状況における俳句についても，視野を広
げざるを得ないような状況に立ち至っている。

　日本国内については，最近，「ふるさと歳時記」に類する言葉
をよく見たり聞いたりするようになってきた。そして，京都や東
京から遠く離れたその土地の季節感・行事などが記載された「歳
時記」が刊行されるようになっている。また海外の俳句について
は，早くからアメリカやカナダにおいて英語俳句が教育の場に取
り入れられており，また日系人の多いブラジルやハワイのみなら
ずヨーロッパやアジアも含めて世界の各地において「ハイク」は
近年ますます盛んである。これら異文化におけるハイクが，これ
までの日本の俳句と同じものでないことは容易に想像できるはず
である。海外の俳句という興味深い問題については，第4章に
おいて具体的に見ることにしたい。

　ここでは，初めて日本語で俳句を作ってみようとするとき誰も
が直面するような季語に関係する基本的な問題に限って見ておき
たいと思う。

(1)　「季題」と「季語」

　花・郭公・月・紅葉・雪に代表されるような季節の主要な題目
「季の題」は，後に「季題」と呼ばれ，『金葉和歌集』の出される

平安後期の頃までにほぼ成立していた。それは平安貴族の美意識が季節の言葉に結晶したものであり，実景をより美しく練り上げた想像力の結果であると見做されている。

「季題」という呼称は明治36年に森無黄によって初めて用いられたものであり，「季語」は季題が喚起する詩情を具体化して表現するもので，その呼称は明治41年大須賀乙字が初めて用いたものとされている（宮坂（2009: 5））。今日，季題と季語はほぼ同じ意味で用いられることが多いが，句会などで題として出される季語は季題と呼ばれている。

和歌に季語は必要ではないが，連歌・俳句には原則として季語は必要であるとされている。連歌は複数の作者による共同制作であるため，詠う事象についての連想の範囲を予め限定する必要があり，俳句は短い詩であるがゆえにとりわけ暗示性の強い表現が必要とされるのであり，そのためには社会的に高度に共有される季語によって時間空間（季節と場所）が効果的に限定されて表現される必要があるからだろう。季語があるということは，私たちが日常生活においてコミュニケーションを始めるときに，まず時候の挨拶をすることによってたがいの共感性を高めるということにも似た働きをするということである。

(2) 「季寄せ」と「歳時記」

「季寄せ」と「歳時記」はどちらも季節の言葉である季語を分類整理したものであるが，解説と例句を比較的詳しく加えたものが歳時記であり，「季寄せ」は概して「歳時記」の簡略なものである。

第2章 俳句と「日本語・日本文化」 75

　どのような分野の季語が多く記載されているかということに注意しながら歳時記を見てみると，これまで日本人がどのようなことを必要としどのようなことにどのような関心を向けてきたか，よく見えてくるものである。たとえば動植物の季語についてみると，動物よりも植物のほうが圧倒的に多く，それも森林の樹木のような木本よりも草花のような草本が多い。その事からこれまでの日本人の生活上の関心が身近な植物である草花などに多く向けられてきたことが感じられる。それは，長年の間，稲作をはじめとする農耕生活を中心としてきた日本人の生活と無関係ではないだろう。

(3) 「歳時記」と「地域性」

　歳時記は長い間「都」を中心にして京都を，そして後には京都と東京を中心にした季感によって編集されてきたが，今日では「ふるさと歳時記」と呼ばれるように各地の郷土の季感も取り上げられるようになっている。たとえば「東北の歳時記」というように。

(4) 「季語の本意」と芭蕉による「季語の本意の見直し」

　「本意」とは自然に存在するものの本来の姿のことであるが，詩歌での本意は，「そこにどのような伝統的な美しさを認めるかということ」であった。連歌師であった里村 紹巴（1524 頃-1602）は季語の本意について，春にも大風や大雨があるにしても，本意としては「春の雨はしとしとと，風はそよそよと物静かに」，そ

して春の日も時に短く感じられることがあるにしても，本意としては「春の日はいかにも永々しいように」という旨のことを述べたのであった。その美意識は，都人の感じ方・考え方こそ詠うべきことであり，旅にあっては都こそ心の故郷であり，都をしのぶ生き方を大事にすることから「しのぶ都」が旅の本意とされていたということである。

この特定の「都」中心の季語の本意を見事に覆すことになったのは，「日々旅にして旅を栖とす」という芭蕉の心的態度であった。毎日が旅であり過ぎゆく時間を栖にする以外にない者にとっては，今現在自分がいるところでこの今を精いっぱい生きることが大事なのであって，特定の権威づけられた美意識のみを強調するということはありえないことであった。

そこでは，私意をはなれて対象と一体化することを第一と見て，季語が指し示すものの本質を詠み手が重視すること，すなわち「松のことは松に習へ，竹の事は竹に習へ」という革新的な態度が示されることになったのであった。

(5) 「季語と季節」についての子規の見方（下記の問答は「随問随答」（『ホトトギス』2巻㈨号（1899年6月））の引用者による現代語訳）

子規への問い「当地（盛岡）では梅も桜も同時に咲いて，桜はまだ散ってもいないのにホトトギスが啼き，卯の花の咲いているところに桃，菜の花，バラ，菫が同時に咲いているという次第で，暮春と初夏が混然と入り混じっているのをどうしてよいかわかりません。このような実景を詠もうとすると，春と夏が混然と

した句が出来上がってしまうのですが，それでもよいのでしょうか。」

子規の答え「それで少しも差し支えありません。盛岡の人は盛岡の実景を詠むのが第一です。」

（6）「季語のつき過ぎ」とは

季語と取り合わせられた別の主題との関係が，余りにも常識的で発展飛躍がなく創造性が乏しいと思われるような関係である場合のこと。すなわち，モンタージュ効果（創造的な取り合わせの効果）が発揮されていないこと。

（7）「季重なり」とは

一句の中に二つ以上の季語があることで，一句の焦点化が弱まるので，一方が主であることが明らかな場合などを除いて，通常「季重なり」は避けられている。ただし「季重なり」がすべてよくないわけではなく，季重なりの秀句も少なからず知られている。その場合，たとえば強い詠嘆を表す切れ字を活用することによって「主たる」季語を暗示するなどの工夫によって，季重なりの問題の解消が試みられている。「歳時記」に登録するためには，同じ季節の場合は主季語を決め，異なる季節の場合はその句の季節を決めなければならない。次にあげるのは，西村和子（2006）による季重なりについての添削および解説からの部分的引用である。

季重なり（同じ季節の場合）

この秋も待つ人のいて柿をもぐ

季重なりでもいい場合とは、季語として機能している語がひとつにはっきりしている場合です。

あたたかな雨が降るなり枯葎　　正岡子規
　　　　　　　　　　かれむぐら　まさおかしき

春の季語　　　　　　（冬）

［この場合は季節違いの季重なりであるが、季語として機能している語がひとつにはっきりしている場合である］

「何日も前から見ていた庭の枯葎に、今日は春らしいあたたかな雨が注いでいる。もう春だなあ、というのが、この句にこめられた作者の実感です。ですから、この句の季語は「あたたか」で、枯葎は季語としてよりも、点景として機能している語なのです。こういう句は、季重なりだからダメ、というわけにはいかないのです。もうひとつ、この句には味わいがあります。それは季節の移り変わりの、ありのままの様相を捉えているという点です。今日から春、といっても、枯草が急に若草になるわけではありません。春の訪れはまさにこの句のように、枯れたものにあたたかな雨が注ぐところから始まるのです。」

（添削後）待ちくるる人ゐて庭の柿をもぐ

季語として機能している語がひとつにはっきりしている場合です。

（西村（二〇〇六：三六、四二）

第2章　俳句と「日本語・日本文化」　79

(8)　「季語の変形」とは

　「花冷え」を「花の冷え」とするようなこと。特定の単語として存在している季語を変形させることで，これには許容限度があると考えられている。季語の定型性が崩れ，意味が大なり小なり変化するためであろうか，批判を招くことがある。

(9)　「季語が動く」

　ある主題を詠むのに効果的なものとして取り合わされた季語が，別の季語に置き換えても成立するような場合のこと。

(10)　「間違いやすい季語」とは

　たとえば，「竹の秋」は春の季語，「竹の春」は秋の季語，「麦秋」は夏の季語である。竹は春に葉を枯らし，秋に新しい葉を生じ，麦が熟れて黄色くなるのは夏である。季語に含まれている「秋」「春」というような季節を表す言葉に惑わされてはならない。他にも間違いやすい季語としては，「夜寒」「朝寒」は秋の季語であり，「寒夜」「寒き夜」「寒き朝」は冬の季語，そして「余寒」は春の季語ということ等がある。

(11)　季語と暦（太陽暦・太陰暦・旧暦）の関係

　太陽暦は太陽の位置を基準とし，太陰暦は月の満ち欠けを基準とし，旧暦（太陰太陽暦）は陰暦に太陽暦をくわえ，閏月をくわえて工夫したものである。

　俳句の季語の分類に用いられてきた季節は，旧暦で季節を正し

く示すための二十四節気によるものであって，春（立春から立夏前日まで），夏（立夏から立秋前日まで），秋（立秋から立冬前日まで），冬（立冬から立春前日まで），新年（正月に関係する季節）である。立春・立秋等の名称は中国古代の命名で，季節の先駆けの感じを表している。二十四節気には，雨水，啓蟄，穀雨，霜降，大雪など日本の農耕生活に重要な情報が含まれている。他方，『現代俳句歳時記』（1998）は太陽暦を基準とした新しい歳時記である。

（**12**）　空想的な季語

　春の季語となっている「亀鳴く」「鷹化して鳩と為る」「獺魚を祭る」，秋の季語となっている「蓑虫鳴く」「蚯蚓鳴く」というような想像上の季語がある。

　「亀鳴く」（亀が鳴くことはないが，春になると亀も雄が雌を慕って鳴くという空想），「鷹化して鳩と為る」（獰猛な鷹もうららかな陽気によって穏やかな鳩と化す），「獺魚を祭る」（カワウソ（獺）が自分の獲った魚を川岸に並べるという習性をもっていることを祭儀になぞらえたユーモラスな想像力の産物），「蓑虫鳴く」（蓑虫は鬼の子で「ちちよ，ちちよ」と鳴くと空想されている），「蚯蚓鳴く」（夕方どこからともなくジーッと音がするのを蚯蚓の鳴き声と空想したもの）など，いずれも俳句の「俳味（俳諧的な味わい）」を醸し出す季語となっている。

（**13**）　短縮表現としての季語

　季語は定型表現なので，季語の短縮表現についても，定型が発達している。たとえば「沈丁花」は「沈丁」，「散る桜」は「落花」「花吹雪」「飛花」「花屑」「花埃」など，「春の野の草を摘んだり踏んだりして草の感触を楽しむ」のは「草摘む」「踏青」「野遊び」など，「秋の野の草の花」は「草の花」「草花」「野の花」などというように，多くの場合一種の約束事として慣習化された季語が多様なニュアンスを異にする短縮表現としていろいろ生み出されている。したがって，現時点において俳句の社会において許容されていない表現でも，時代が変われば必要性が変化し，そのために習慣性も変化して，俳句の社会で許容されるものになっていく可能性がある。

　俳句は短詩であることから象徴的な短縮表現・省略表現の宝庫であるが，そこから「雪月花」というような四季の自然を表す言葉も生まれてきたと思われる。そして，たとえば風ひとつについても，春の季語としては「風光る」「春一番」「東風」，夏には「青嵐」「風薫る」「風涼し」，秋には「風の色」「風爽か」「野分」，冬には「風冴ゆ」「空風」「木枯」などというように季語が発達している。

（**14**）　日常生活であまり用いられない漢字表現が季語には多く用いられている。

　　例）　料峭，薊，鬼灯，満天星躑躅，草の穂絮，玉蜀黍，秋
　　　　霖雨，虎落笛，虎杖，公魚，海月，水馬，蟷螂，…。

日常あまり使われないこのような漢字がルビもなしに多く用いられると，俳句は仲間内だけの「閉じられた世界」という印象を与えることになりがちである。しかし，このような漢字は日常的にはあまり用いられないために確かに難解な読みではあるが，「ら致」(拉致)，「らく印」(烙印) のような「混ぜ書き」よりもイメージも豊かで詩的にふくらんだものとなるため，俳句の世界ではルビを活用するなど，何らかの工夫をして必要に応じてこのような漢字を用いることは，暗示性も豊かになり楽しいことではないだろうか。

(15)　季題趣味とは

季題を長年使っているうちに固定した連想が付きまとってくること。

なお，俳句にとっての季語の重要性を認識しながらも，たとえば春の草花を詠むつもりで「草の花」という語を用いようとしても，季寄せや歳時記で「草の花」は秋と分類されているために，その他の季節には用いられないというようなことが起こってくる。季寄せや歳時記によってあまりにも細かく規定された季語の使用は難しく，時に不自然で窮屈と感じられることもある。そのために，たとえば通季・無季・自在季など，新しい試みについて論じられていることは注目される。

衣食住をはじめとする日常生活における定型性が弱まりつつある昨今について考えてみるとき，俳句もまた文化の他の側面と同

じように日常生活の中から生み出される解釈の習慣性の結果であるとすれば，季語の定型性についても今日の「不易と流行」における「流行」のかたちに柔軟に対応する余地があるのではないだろうか。たとえば「甘酒」は江戸時代に暑気払いに飲まれたために夏の季語となっているが，現代生活ではむしろ寒い冬に好まれるものとなっているし，蠅叩きなどは現代生活では用いられなくなっている。

2.3. 切れ字と断続的連続性

「切れ字」は句中あるいは句末において用いられて，句に曲折をもたせたり，特別の詠嘆の感情を添えたり，俳句の読みを創造的に多重化したりする働きをするものとして注目されてきた。また俳句は，色紙などに書かれる三行書きや数行の分かち書きの場合などを除いて，一行連続表記が一般的であるが，その点においても「切れ字」は隠れた貴重な修辞的働きをしていることが認められている。

古来最も多く用いられ重要視されている切れ字は，「や，かな，けり」である。

切れ字は，長い間，秘伝とされていたということで，「十三切れ字説」「十八切れ字説」「二二切れ字説」など諸説があるが，よく採られているという「十八切れ字説」では，「かな，もがな，けり，ぞ，よ，や，か，（いか）に，ず，じ，ぬ，つ，らむ，け，せ，し，へ，れ」（「け，せ，へ，れ」は動詞の命令形語尾，「し」は形

容詞の終止形語尾，「けり，つ，ぬ，ず，じ，（ら）む」は助動詞，「いかに」は副詞，その他は助詞）があるとされている（外山（2003: 9）を参照）。

しかし，ここに挙げたような「切れ字」が形式的に用いられていなくても，「そこに意味の段落，すなわち切れ目があり，作者の感情がその点で高潮していることを表わす」ものは切れ字である（橋（2011: 21）を参照）。したがって，いわゆる切れ字が用いられていても，そこで句が切れていなければ，それは切れ字として働いていないということにもなる。要するに一句が切れているかどうかということは，形式的な切れ字の有無によって決まるのではなく，そこで句が切れていると感じられるかどうかという解釈の問題（心の問題）であるということになってくる。

芭蕉は，「切字を加へても，付句のすがたある句あり。誠にきれたる句にあらず。又切字なくても切る句あり。その分別，切字の第一也。…」（三冊子）（『去来抄』148-149 に引用）と述べている。

したがって，切れ字の「切れ」とは何かということになると，そこで一句がまずは切断されていると感じられるところということになるだろうか。そこで当該句の視点がなんらかの変化を呈すると感じられるところである。それでいて，変化する前の視点による句と後の句が何らかの点において暗示的に（いわゆる「匂い」「面影」「ひびき」によって）つながっているようなところである。

俳句では句読点は用いられないので，形式的な切れ字が用いられていない場合，どこで切れているのか，一見したところ曖昧で

あることもあるが，575の定型による声調の働きがあり，それが切れ字の働きに関係していることも多い。何よりも意味の切れ目，詠んでみた場合の息の切れ目が切れの働きをしている。俳句における「切れ」というのは，英詩が句読点で分析的に明示的に表現されるような切れ方ではなく，切られた語句は確かにそこでいったん切れているのではあるが，それは通奏低音のようにずっと余韻として響き続け，匂い続け，面影をとどめているという特徴がある。そしてそれがどのように響き続けているのか，どのような面影をとどめているのかということは，その句の聞き手・読み手である解釈者の創造的な想像性に任されているところが大きい。この点において俳句は作者が「言いおほせる」のではなく，聞き手・読み手を共作者として解釈を任せるという第1章で見た日本語・日本文化の本質を共有するものである。

　「切れ字に用ふる時はいろは四十八字皆切れ字也。用ひざる時は一字も切れ字なし」という芭蕉（『花実集』）の言葉の意味するところは，大切なことは切れ字の形式ではなく切れ字の心であるということになる。

　「や」は上の句に用いられることが多く，一音で特に強い詠嘆・提示・願望・疑問・反語等を表していると感じられる切れ字である。「かな」は開母音でおわる詠嘆を表す「か」と「な」の組み合わせからなる比較的開放的な感じを与える切れ字であり，体言・活用語の連体形に付いて，感動・詠嘆を表す切れ字として句末に用いられることが多い。「けり」は助動詞で，物事が今しがた完了したことを暗示する切れ字である。

切れ字としての形式をもつ語句としては，「や，かな，けり」以外にも「十八切れ字説」でも見たように他にもいろいろあるが，ここでは「や，かな，けり」の切れ字の用例について，そしていわゆる形式的「切れ字」のない句についても見ることにしたい。(句の解釈および解説については，引用符「　」のあるものについては，芭蕉の句については『芭蕉全句集』雲英末雄・佐藤勝明（訳注）からの部分的引用。「辛崎の」の句の解説については，中村・山下（1976: 148），外山（2003: 20）も参考にした。)

第2章　俳句と「日本語・日本文化」　87

・「や」

夏草や　兵どもが夢の跡　　（芭蕉）おくのほそ道

「夏草の生い茂るこの地は、兵士たちが功名を夢見て戦った跡。私も夢にその面影を感じて涙するばかりだ。（栄枯盛衰の主題を示して、「おくのほそ道」紀行中の白眉とされる。）」

蛸壺やはかなき夢を夏の月　　（芭蕉）笈の小文

「夏の月が照らす下、明日までの命とも知らず、蛸は海底の壺で短夜のはかない夢をむさぼり眠るのか。（諸行無常を体現した平家の運命なども想起され、生あることの根源的な哀しさまでが感じられる一句。）」

・「上の句」以外で切れ字「や」が用いられている例

若葉して御目の雫拭はゞや　　（句末に用いられて、願望を表す）芭蕉　笈の小文

梅白し昨日や鶴を盗まれし　　（句中に用いられて、疑問を表す）芭蕉　野ざらし紀行

・「かな」

馬をさへながむる雪の朝哉　　（芭蕉）野ざらし紀行

「雪が降り積もった朝はすべてが新鮮で、旅人ばかりか、その馬でさえも普段と印象が変わり、じっと見つめることだ。（雪で世界が一変したことへの驚きが素直に表現されている。）」

春の海終日（ひねもす）のたり〳〵（くり返し）かな　（蕪村）

春の海は一日中波が長閑にのたりのたりと寄せては返している。（長閑な春の海の自然の調べ）

・「けり」

道のべの木槿は馬にくはれけり　（芭蕉）野ざらし紀行

「道ばたに咲く木槿の花は、あっと見ている間に、自分が乗る馬に食べられてしまった。（初期俳諧の発句が基本的に「○○は□□だ」式の認識提示であるのに対し、ここでは「○○がなくなった」という事実を一七音で示し、それでも詩たり得ることを示した点で大きな意義をもつ。）」

涼風（すずかぜ）の曲がりくねつて来たりけり　（一茶）

「裏長屋の奥のわが家には、涼風も曲がりくねって、ようやくたどり着くことだ。」

・「形式的切れ字のない場合」

梅一輪一いちりんほどの暖かさ一　（嵐雪）

一輪咲いた梅に春が近づいてきた微かなあたたかさが感じられる。「梅一輪」の後に切れがあると解釈された場合。

次に示すのは，形式的な切れ（字）にかかわらず，切れ（字）が1〜4用いられている場合の例句である（橋（2011: 23-24）を参照）。

第2章　俳句と「日本語・日本文化」　89

芭蕉の「辛崎の松は花より朧にて」（「辛崎の松は，背後の桜の花よりもさらにおぼろにかすんで趣深い」（雲英・佐藤（訳）(2010: 54)）は，発句の必要条件である安定した切れ字を欠くと感じられたらしく，「門人たちに物議をかもした（去来抄）」ものの，［「にて留」の］余韻を残した終わり方はすべてが朧な湖岸の描写

> 段落一つ（切れ字一つ）
> 鶯の巣の樟の枯枝に日は入りぬ─　　凡兆
>
> 段落二つ（切れ字二つ）
> 夏嵐─机上の白紙飛び尽す─　　子規
>
> 段落三つ（切れ字三つ）
> 目には青葉─山時鳥─初松魚─　　素堂
>
> 段落四つ（切れ字四つ）
> 奈良七重─七堂─伽藍─八重桜─　　芭蕉

に適合して秀逸」（雲英・佐藤 同所参照）と評価されている。

2.4.　文語と歴史的仮名遣い

　ここで「歴史的仮名遣い」というのは，典拠を過去の文献に求める仮名遣いで，主に平安中期以前の万葉仮名の文献に基準をおいた契沖の「和字正濫鈔」の方式によるものとされている。それは 1946 年（昭和 21 年）に公示された「現代仮名遣い」（＝「新仮名遣い」）の「表音式仮名遣い」に対するいわゆる「旧仮名遣い」のことである。たとえば「蝶々」は現代仮名遣いでは「ちょうちょう」であり，歴史的仮名遣いでは「てふてふ」である。この「歴

史的仮名遣い」は，公教育では古典文学作品における教育においてのみ使用されているので，一般的に日常的な使用習慣のないものであり，それだけに用いることは難しいものとなっている。しかし，現代仮名遣いは原則として口語文についてのみ使用され，古典文化には干渉しないとしたことにより，文語文法によって作品を書く俳句や短歌の世界においては歴史的仮名遣いが多く用いられている。

　この歴史的仮名遣いと関係することとして，なぜ俳句に文語が用いられているのかということについては，主として次の三つの理由が挙げられている。

1.　文語表現のほうが概して語句が短い。
2.　文語のほうが詩語・雅語が多い。
3.　俳句の「や」「かな」「けり」というような切れ字は文語である。

　上記の 3 項目は相互に密接に関係しているもので，結局のところ，それは俳句が非常に短い詩であるということに関係しているものである。すなわち，575 の 17 文字という短さに一句を収めるためには，できるだけ言葉数を少なく，効果的に用いなければならないからである。その点において，切れ字のみならず詩語・雅語にも広く用いられている「文語」は，多くの場合，その短い表現によって連想力のすぐれた強い詩的表現となっていると考えられてきたからである。

　俳句における歴史的仮名遣いと文語の必要性については，具体

第2章　俳句と「日本語・日本文化」　91

的に次のようなことが述べられている。少し長い引用をすること
にしたい。

　私は戦後生まれですから，学校では現代仮名づかいの表記
しか習いませんでしたし，日常生活はすべて現代仮名づかい
で育った世代です。… そういう世代ですから，俳句を始め
たばかりの頃，仮名づかいには苦労しましたし，疑問も抱い
たものでした。自分の表現手段なのに，歴史的仮名づかいで
はどうも借り物みたいな気がして，しっくり来なかったもの
でした。(1)

　けれど，すぐに慣れました。というより，俳句を作ってい
るうちに，現代仮名づかいよりも歴史的仮名づかいがふさわ
しいのだと思うようになったのです。そして今は，俳句を文
語で表現する以上，歴史的仮名づかいでなければならないと
さえ思うようになりました。なぜなら，文語表現は，現代仮
名づかいでは表記できないものだからです。

　俳句を作っているうちに，五・七・五の韻律を生かし，切
れを生み，響きのいい，余韻ある表現をするには，文語が不
可欠であることに，あなたもすぐ気づいたでしょう。少しの
言葉でニュアンスを出したり，意味合いをこめるには，口語
より文語の方が，はるかに表現力が豊かなのです。

　例えば「散った」という過去形ひとつとってみても，「散っ
てしまった」と完了の意味を持たせることはできても，口語
には，これより他の形はありません。それが文語になると

「散りけり」「散りにけり」「散りたり」「散りぬ」「散りし」など，色々な言い方が出来ますし，それぞれに詠嘆や完了や存続の状態などの少しずつ違った意味が付加されます。何よりもまず，「や」「かな」といった代表的な切字が，文語です。私の長年の実作の経験から，俳句は文語を使わずに表現できない詩形だと言ってもいいと思っています。

　その文語の表記には，歴史的仮名づかいこそふさわしいのです。例えば「出づ」という語がありますが，これは，現代の口語では「出る」の意です。これを「出ず」と，現代仮名づかいで書いてしまうと，「出ず」と読むのが普通で，「出ない」という全く逆の意味になってしまいます。これは特殊な例ですが，文語を現代仮名づかいで表記したのを見ると，私は妙な違和感をぬぐえません。… 仮名づかいの問題は，実は現代俳句の今後の大きな課題のひとつです。(2)

（西村（2006: 164-165）下線は引用者）

ここで述べられていることは，「俳句には文語が必要であり，文語には歴史的仮名づかいがふさわしい」ということである。

　しかし，この引用文中の下線部（1）において述べられていることも，おそらくそれ以上に多くの人々の大きな共感を呼ぶに違いないことであり，言語使用の重要な側面に注意が向けられたものとして無視することは難しい。日常生活における生きた言葉づかいの習慣性という記号の力は，アメリカの言語学者サピアがドリフト（Drift 駆流）と呼んだ強力な記号の構造的圧力となって，言語

使用の大きな構造的流れからはみ出すような例外的な記号表現を遅かれ早かれ排除してしまう力を持っているからである。果たしてこれからの若い世代の人たちの創り出す俳句の中に日常的な使用習慣のない歴史的仮名遣いがしっかりと根付いていくだろうか。

　文語と歴史的仮名遣いで書かれた古典の作品を理解するためには，たしかに文語と歴史的仮名遣いについて知っておく必要があるだろう。その意味において，文語も歴史的仮名遣いも，今後とも少なくとも俳句の古典作品とともに生きのこっていくに違いない。

　しかし今日，日常的な言語使用が歴史的仮名遣いを用いない方向に進んでいることを認めるとすれば，日常的な言葉遣いの土台の上に成り立つはずのこれからの俳句の言葉も，歴史的仮名遣いを避ける方向に進んでいくというのが動的な言語構造の自然な流れではないかと思われる。この点において，引用文の末尾の下線部（2）において「仮名づかいの問題は現代俳句の今後の大きな課題のひとつ」という適切な問題提起がなされていることに注目しておきたい。

　さて，この問題はここで論じ切るには余りにも大きな問題を含んでいると思われるため，ここではこの課題に関係があるかもしれない三つの点について，以下，簡単に触れておくにとどめたいと思う。

1. 日本の短詩型として俳句と並んでよく知られている短歌にも視野を広げてみると，短歌では新聞紙上で見るかぎり文語と口語のどちらでも作られているが，ラジオなどでは若い人による口語が大多数である。それに対して，俳句の場合は文語が多数派である。

2. なぜ俳句＝文語という通念が生まれたのか。

（文語の普及に力があったのは明治の 30 年代以降の学校教育であるが，文語教育が普及していったのに対して口語文体はまだ発達していなかったために，口語を混用した文語は不備なものに見えたようで，このことは俳句に口語を混用すべきでないという考えが徐々に広がっていったことと関係があると見られている。）（再説「俳句の文語」2013 年 12 月 15 日週刊俳句 weekly-haiku.blogspot.jp/2013/12/blog-post_15.html を参照。）

3. 「文語俳句に口語を混用出来ないというのは根本的な誤解である。俳句は俳諧の時代から口語を混用していた。それは俳諧が俳言を用いるものだったからである。」俳言には俗語も含まれるが，「ここで俗語というのは今で言う俗語ではない。」…「世間一般の人が日常に用いることば」であり …「詩歌・文章などに用いる文字ことば（雅言）に対して，日常の話ことば」（『日本国語大辞典』）のことである。（「週刊俳句」weekly-haiku.blogspot.jp/2013/12/blog-post_ 15.html より引用。）

さて次にあげるのは，偶々目にした新聞の俳壇（2017年6月5日付『朝日新聞』日刊）に掲載されていた作品のいくつかである。これから10年後，20年後，これら掲載句の傍線部のような表記は，（　）内のように変化していないだろうか。それは今日の日本語教育を受けた人たちが特に文語を意識することなく無意識のうちに表現するとき選ばれる可能性の高いかたちではないかと思われる。

2.5.　結社と句会など

　俳句には，いろいろな作り方がある。

　日記代わりのメモのように手帳などに書きつけて，その人個人だけの心の記録になっていく場合。小説・随筆・短歌・川柳などの他のジャンルと共に仲間内の文芸誌に発表される場合。あるいはさらに多様な読者の耳目に触れる新聞・雑誌・ラジオ・テレビなどに投句されて，マスメディアを通じて発表される場合。また俳句結社の師弟関係の中で吟行・句会などを共にしながら，当該結社のいろいろな約束事を受け入れた上で主宰者の選を受けてその結社の俳誌に発表される場合などがある。

盆栽に挑む少年あをあらし（あおあらし）
（鶴ヶ島市）横松　しげる

緑陰の座つて（座って）みたくなるベンチ
（筑紫野市）多田　蒼生

原発と同居してゐる（している）暑さかな
（川崎市）池田　功

痛からう（痛かろう）子規に五月の風が吹く
（東京都）大網　健治

第一にあるのは，作者個人が自分の創作したものを自分自身の眼で添削し（すなわち推敲を重ね），自分で選定して自分だけの記録に残す場合である。ここでは，創作から発表を経て読者としての解釈までのすべての過程が作者自身という同一人物によって行われていることになる。その場合，原則として，作者以外の他の誰かの解釈がそこに入りこむ余地はあり得ないということになる。

　しかし，自分という同一個人であっても，間をおいて再読し解釈しなおすことによって，相違する視点から解釈することが可能になり，推敲を深めていくことは可能である。

　第二の場合は，仲間内の必ずしも俳誌とは限らない文芸誌（小説など他のジャンルの作品も混在していることが多い）にそのまま掲載されて，仲間内のメンバーとその関係者に読まれる場合である。ここでは読者は作者以外の仲間内の人々やその関係者にまで広がっていて，作者以外の人によって解釈される可能性が開かれている場合である。

　第三のマスメディアを通じて発表される場合には，選者によって「選ばれたもの」であること自体，多くの作品の中から選ばれたものとして，ある一定の評価が与えられた作品ということになる。そして選者の評は，その選者の解釈を示すものとして注目されることになる。選者は作品を選び評価すると同時に，その評は不特定多数の読者によって逆に評価されることにもなる。選者に選ばれた作品の読者は不特定多数に広がり，読者の読みという解釈のコンテクストは，一段と多様化されたものになってくる可能

性がある。

　そして最後の第四として，俳句結社の句会などを通じて発表される場合がある。句作の過程そのものにおいて，まずその結社の俳句についての理念（無季，自由律，字間あき表記，有季定型などの許容度などを含む）においてすでに選は始まっている。その結社の理念と大きく相違している作品は，そのまま受け入れられることは難しくなる。そして，句会において結社の仲間による互選などのかたちで批評選択がなされ，最終的には多くの場合その結社の主宰者の批評眼によって添削がなされ，その結社の俳誌への掲載が選定されることになる。句作は創作の段階から発表に至るまで，当該の結社の主宰者をはじめとする人々による批評というフィルターにかけられていることになる。

　小説・随筆・現代詩などの他のジャンルでも，学校や職場に「文芸部」に類するクラブのようなものがあり，そこでは多様な同人誌が出されている。また他方においては，学校や職場を離れて文学学校のように職業的な文筆家の養成が志向されているところもある。

　しかし俳句の「結社」がユニークであるのは，指導者としての主宰者による添削を含む批評眼が優先され，添削を受けた句作は厳密に言えば作者と添削者と句会の参加者によるいわば共同制作のようなかたちになることである。そして多くの場合，主宰者によって認められた作品のみが結社の俳誌に掲載されるということ，また結社ごとに理想とされる俳句の理念は必ずしも同じではないということである。

また句会などに典型的に見られるように，句会には選句という批評のチームワーク的な働きがあり，自分とは相違する他の人たちの感性との触れ合いの中で自分ひとりでは気づかなかったような多様な見方・感じ方に出会い，何かを発見し創り上げる力をつける機会が与えられているということである。ということは，句会の主宰者をはじめ大半のメンバーの力が未熟で月並みなものであれば，批評のチームワークのレベルは自ずから低いものとなり，句会の創造的な楽しみは比較的小さなものにとどまるということになりがちである。

　また句会において作品が声に出して詠みあげられる披講では，耳に聞こえる俳句の響きを味わう機会が与えられることになる。

　句会が少なくともこのような性質のものであるとすれば，句会の最後に披露される主宰者による講評という形をとる各個人の作品に対する批評がいかに句会の中心的なそして象徴的な働きをするものであるかは明らかであろう。句会において最も重要な役割を果たしているのは，結社の主宰者の批評眼であるということになる。

　このような結社のあり方は，俳句の前身である連句の場合には「座」という言葉でよく知られていたもので，そこでは芭蕉がそうであったような宗匠の捌きによって座が営まれていた。芭蕉は連句の座を捌く宗匠の仕事がいかにやりがいのある重要なものであるかということをよく認識していて，自分は発句の作者（俳人）としてよりも連句のよき捌き手として認められる方が本望であるというような意味合いのことをどこかで述べていたと記憶する。

第2章　俳句と「日本語・日本文化」　99

それほどに座にあって連句を捌くということは，総合的で創造的な力を要求される興味の尽きない仕事であったということだろう。

　俳句の前身であった連句が，そのような捌き手を指揮者とする共同制作の場において創り出されていたことは，よく知られているとおりである。それはちょうど，座のメンバーが交響楽団のチェロやヴァイオリンの奏者であるとすれば，捌き手はその楽団の指揮者であるということになる。指揮者は，演奏される交響曲のすべてとそれに加わっているすべての奏者の楽器の演奏ぶりと他の演奏者の演奏ぶりとの関係についてもよく知っていて，どのような指揮をすれば楽曲の創造的な演奏が生み出されるか，よくわきまえている人物にたとえられるような存在であるということだろう。

　俳句はたしかに個人が創り出す詩の一種ではあるが，伝統的な連句とそこから発達した今日の句会を拠り所とする伝統的な句作のあり方は，現代詩の個人としての詩人の創作行為とは根本的に相違するものであると思われる。吟行や句会の場で「共有される季節」という自然の状況との関係において，結社の他の人たちの感じ方との相互作用の中で，暗示的なコミュニケーションを深め，句作に伴う伝統的なものの見方を歳時記をはじめ句仲間による選や主宰者による添削によって自然に学んで共有していくという点において，よきにつけ悪しきにつけ，それはまさに日本のあらゆる伝統的な華道・茶道・工芸・書道等と同じような芸道としての側面を強く持つことになっているのではないだろうか。

　俳句を芸道と呼ぶことには，強い抵抗を覚える人もいるかもし

れない。そのことについては，「芸事は一般に「芸術」と呼ばれているものより創造性の低いものである」という見方がなされがちであるからだろう。型を重んじつつ常に創造的であろうとする茶道・華道などの抑制された表現には，基本的な型を学び，先達の作品から見よう見まねで自ら気づき感性を磨いていくというところがある。それは何の制約もない個人の自由奔放な創造的表現とは相違している。

　俳句は，人々の暮らしの中から生まれ日常生活の中で使用される物作りを目指した柳宗悦，河井寛次郎，濱田庄司，バーナード・リーチ，芹沢銈介，棟方志功のような人々の唱えた生活の用，心の用となる民芸的なものであると言えば，あまりにも論理が飛躍していて，牽強付会であると受け取られるだろうか。しかし彼らの民芸運動においてみられる陶芸・染色・版画などの工芸が民衆の生活の必要性の中から自ずと生み出されてきた芸術として民芸と呼ばれる真実味のあるものであるという意味において，俳句もまたそれぞれの時代の日常生活の中から生まれて生活の中の心の用となっている文芸の形における民芸であると呼んでも差し支えないものではないだろうか。

　伝統を添削や批評のかたちにおいて「創造的に」，厳密に言えば個人の無名性において継承するという受容のかたちは日本の伝統的な文化の興味深いかたちであり，それは個人の独創性を明確に評価する西欧的な個人中心の文化の形に比べて必ずしも劣るものではない。それは単に好まれる社会的習慣としての解釈の類型（＝文化の類型）の相違を表しているにすぎないものではないだ

ろうか。

　どのような文化のかたちであっても，それは必ずそのようなかたちを必要とする解釈としての記号的な社会的必然性であるということを忘れてはならないと思う。これこそ，これまで文化の記号論が私たちに教えてきたことの核心であったと思われるからである。

　有季定型の俳句は，本来，連句の発句から生まれてきたものであり，連句は一座に連なる人々と場所と時間を分かち合い（＝「季語」の重視），解釈の暗示的な「つながり」を分かち合い，多様な暗黙の規則に従う共同制作の精神による座の文学であった。それは一種のチームワークとして生み出されるもので，そこから生み出される作品は多かれ少なかれそこに連なる座の人々の心の溶け合った作品であり，敢えて言えばそれは座の捌き手（オーケストラの指揮者）によって選ばれた形を与えられた作品であるとも言えるものであった。

　今日，連句を作る人は少なくなり，俳句は明確な個人の署名のある作品とみなされているが，結社で選び出される俳句は，厳密に言えば，程度の差はあれ選句という作業を通じて，それはやはり主宰者をはじめとするその場に居合わせた人々全員によって生み出される共同制作の成果であるという側面と無縁のものではない。

　このように，少なくとも結社において生み出される俳句は，その句作という創作の過程においても，読み手による解釈の過程においても，「みんなで一緒にする」という伝統的な日本語・日本

文化の本質である「高度のコンテクスト依存性」という特質を保持しているように思われる。

　しかし自由律や無季による俳句など，様々な変革が提出されるようになってきた背景には，集団を重視する社会から，暗黙の約束事などのコンテクストから解放されたコンテクスト・フリーの明確な個人の活動を求める西欧型の社会へと，社会が次第に強く変化しつつある現実があるということに注意しなければならないだろう。

　そうであるとすれば，結社を中心とする俳句の制作にも，これまでとは違った形が志向されるようになっているとしても不思議ではない。たとえば結社を離れた個人の創作活動としての俳句が，マスメディアへの投句やインターネット等の活用によって，句会というような一定の時間・空間の共有を必要としないより個人的な表現活動になっていくことになるかもしれない。人々の生活が組織的に多様化している現代社会においては，若い人たちが吟行や句会のために一定の時間と空間を共有することは難しくなりつつあり，個人の肉声に耳を傾けてそれを共有しようとするような，深い感情的コミュニケーションはいくらか難しくなりつつあるのかもしれない。

　しかしながらこのように人と人との深い感情的なコミュニケーションが希薄になりつつある現代社会であるからこそ，他方においては，やはり昔ながらのコミュニケーションである吟行や句会が強く求められるところがあるのかもしれない。

　このような点については，今日すでに海外において多様な自然

第2章　俳句と「日本語・日本文化」　　103

的・社会的な条件の下での多様な「ハイク」に高い関心が寄せられているという現実があり，それが後述するような「人間も自然の一部であるというエコロジーを重視する簡素な短い詩」という誰もが親しみやすい普遍的側面と接点をもつハイクへの変容であると見るならば，そこに現代生活が要求する新しい俳句のかたちを見る人も多いのではないだろうか。

第 3 章

革新される俳句

第1章では，伝統的な日本文化が「人間は自然の一部である」という自然志向の強いものであること，小さな島国で今日のようにインターネットや航空機などの通信交通手段のよく発達していなかったころは，人々の交流も少なかったことから，自然的にも社会的にもコンテクスト共有度が高い文化が発達してきたことについて述べた。そしてそのために，すべてを言い尽さなくても容易に共有されるコンテクストを参照しながら，聞き手が適当な解釈を補完できるような推論であるアブダクションがよく発達してきたことについて論じた。

　したがって伝統的な日本語の話し手は，概して，言葉数が少なく寡黙であることを好み，すべてを言い尽くそうとしない未完の表現を好む傾向があり，聞き手は言葉にならない相手の言わんとすることを文脈やその場の状況から感じ取ろうとする「空気を読む力」を必要とするというようなことについて述べた。

　そして第2章では，俳句は575の定型・季語・切れ字などによって，部分の表現から部分の総和を超える全体の解釈をおこなう創造的なアブダクションという推論の仕組みをよく発達させていることを示そうとした。また，結社における吟行・句会・添削指導・俳誌というような共同制作と作品発表のための仕組みが発達していることから，結社による俳句の創作には個人を超えた一種のチームワークが働いていることについても注意を向けた。

　この第3章においては，結果的に見ればこれまでの日本の俳

句の主要な変革を導いてきた人として注目されることになる芭蕉・蕪村・一茶・子規の四人をとりあげて，彼らが俳句革新のためにおこなってきたことについて具体的に見ていきたいと思う。（以降の論述の中で言及されることになる彼らの活動時期に関係する元号による年号表記と西暦による年号表記の対応関係については，表1の対照表を参照されたい。）

表1　元号による年号と西暦年号の対照表

芭蕉（1644-1694）　　蕪村（1716-1783）　　子規（1867-1902）
　　　　　　　　　　　一茶（1763-1827）

元号	西暦	元号	西暦	元号	西暦
慶長	1596	正徳	1711	天保	1830
元和	1615	享保	1716	弘化	1844
寛永	1624	元文	1736	嘉永	1848
正保	1644	寛保	1741	安政	1854
慶安	1648	延享	1744	万延	1860
承応	1652	寛延	1748	文久	1861
明暦	1655	宝暦	1751	元治	1864
万治	1658	明和	1764	慶応	1865
寛文	1661	安永	1772	明治	1868
延宝	1673	天明	1781	大正	1912
天和	1681	寛政	1789	昭和	1926
貞享	1684	享和	1801	平成	1989
元禄	1688	文化	1804		
宝永	1704	文政	1818		

108

　また，かつては俳句と言えば男性のものという風潮があったの
に対して，近年では女性の方が少なくとも数の上では優勢になっ
ている。このことに関連して，現代の俳句の形にも何らかの変化
が生じているのではないかという点について，最後に注意してみ
たいと思う。

3.1.　松尾芭蕉 (1644–1694)

　俳句と言えば芭蕉の名を知らない人はいないほど，芭蕉は俳人
として日本で，そして世界でもっともよく知られた人物であると
言ってよいだろう。

　芭蕉によってはじめて俳諧は「誠の俳諧」になったと考えられ
ている。芭蕉のおこなった俳諧革新とは，一言で言えば，それま
での「詞の俳諧」を「誠の俳諧」にしたことであった。それはど
ういうことであったのだろうか。

　そのことについて見る前に，芭蕉の詠んだ俳句にはどのような
ものがあったのか，一般に比較的よく知られていると思われるも
のについてまず見ることにしよう。『芭蕉全句集』（雲英末雄・佐
藤勝明（編・訳注）（2010））の分類に従って挙げてみることにする。

　ここに参照した『芭蕉全句集』には総計983句が収録されてい
るが，最も多いのは秋の句（301句）で，次に春（244句）・冬
（195句）・夏（138句）・無季（6句）の句の順になっている。そ
のなかで一般によく知られている句としては，たとえば次のよう
なものがある。

春

山路来て何やらゆかしすみれ草　（野ざらし紀行（貞享二年））

古池や蛙飛こむ水のおと　（蛙合（貞享三年））

よくみれば薺花さく垣ねかな　（続虚栗（貞享四年以前））

はなのくもかねはうへのかあさくさか　（あつめ句（貞享四年））

夏

蛸壺やはかなき夢を夏の月　（笈の小文（貞享五年））

五月雨をあつめて早し最上川　（おくのほそ道（元禄二年））

草臥て宿かる比や藤の花　（笈の小文（貞享五年））

行春を近江の人とおしみける　（猿蓑（元禄三年））

閑さや岩にしみ入蝉の声　（おくのほそ道（元禄二年））

夏草や兵どもが夢の跡　（おくのほそ道（元禄二年））

秋

枯枝に烏のとまりたるや秋の暮

名月や池をめぐりて夜もすがら　（東日記（延宝八年以前））／（ひとつ松（貞享三年））

荒海や佐渡によこたふ天河　（おくのほそ道（元禄二年））

物いへば唇寒し秋の風　（芭蕉庵小文庫（元禄六年以前））

此道や行人なしに秋の暮　（其便（元禄七年））

秋深き隣は何をする人ぞ　（笈日記（元禄七年））

菊の香や奈良には古き仏たち　（笈日記（元禄七年））

冬

海くれて鴨のこゑほのかに白し　（野ざらし紀行（貞享元年））

明ぼのやしら魚しろきこと一寸　（野ざらし紀行（貞享元年））

初しぐれ猿も小蓑をほしげ也　（猿蓑（元禄二年））

葱白く洗ひたてたるさむさ哉　（韻塞（元禄四年））

旅に病で夢は枯野をかけ廻る　（笈日記（元禄七年））

ここに挙げた句について言えば，いずれも時代を超え場所を超えて，今日でもよく親しまれているものばかりである。（ここに引用した句の訳と解釈の詳細については，前掲書の雲英・佐藤（編・訳注）(2010) を参照・引用したところがある。このほかに，正岡子規『俳諧大要』(1955)，『獺祭書屋俳話・芭蕉雑談』(2016) も参照した。）

芭蕉の句の中にも，次にあげる句のように，一見したところ今日では難解な句も見いだせる。しかし，「あこくそ―紀貫之の幼名」，心も一貫之「人はいさ心も知らず古里は花ぞ昔の香に匂ひける」（古今集）を踏まえる，「御子良子―伊勢神宮に奉仕し，神に供える飲食物を整える少女」という意味がわかってみれば，現代人にとってもそれほど難解ということでもないだろう。コンテクストに高度に依存した解釈がなされるものについては，当時の聞き手の常識はどのようなものであったのか等，コンテクストが明らかになれば，その解釈の難易度も変化することになる。

あこくその心もしらず梅の花
　　　　　　（蕉翁句集草稿（貞享五年））
（「人はいさ」と詠んだ貫之の心など関知せず、故郷の梅の花は昔のまま咲匂っている。）

御子良子の一もとゆかし梅の花
　　　　　　（笈の小文（貞享五年））
（子良の館の後ろにある一本の梅の花が何とも慕わしい。）

そして，短詩である俳句では言葉を極端に切り詰めた表現がなされるために，「前書」などが欠けていると，よく意味がとれないことも多い。たとえば，次頁の上の句について言えば，「道の

第3章 革新される俳句　111

ほどより例の病おこりて …」という前書があって，「芭蕉は疝気（腰腹部の痛み）持ちであった …」こと，この句が詠まれたのが鳳来寺で，本尊は薬師如来であることなどを知ることによって，おそらく薬師如来に祈ったおかげで夜具を調達することが出来たという仮説的推論（アブダクション）としての解釈が可能になるのではないだろうか（アブダクションについては，本書1.5節を参照）。

夜着ひとつ祈り出して旅寐哉
（誹諧白眼（元禄四年））

　また当時の時代的な背景について知っておくことも重要で，芭蕉の初期の句には，松永貞徳の貞門や西山宗因の談林の影響が認められている。そのために芭蕉の比較的初期の句においては，俳言と呼ばれる俗語・漢語が用いられ，掛詞・縁語・見立・擬人化など言葉遊び的な要素も多く用いられている。たとえば，左の句に見られるように，「住む」に「澄む」が掛けられており，「月」と「都」から「月の都」を連想させ，「けふ」には「今日」と「京」が掛けられ，そこに諺「住めば都」の縁語が見いだされている。そしてここには「ただ」の撥音化した「たんだ」という言いまわし等，当時の歌謡の影響も見いだせる（雲英・佐藤（編・訳注）(2010: 337, 527) ほか参照）。

たんだすめ　住ば都ぞけふの月
（続山井（寛文六年以前））

　貞門から蕉風へと変化する過渡期にあっては，西山宗因の談林に新風を求める人々の期待が集まり，あまりにも自由であったために，乱雑放縦な形式・内容になりがちであったとも言われている。

芭蕉は伊賀上野の人で，松尾与左衛門家の次男として生まれ，俳号は初めは実名の宗房，その後桃青，そして芭蕉が用いられることになった。「桃青」という号は延宝３年に江戸に下った西山宗因（談林派俳諧）を迎えて開催された「九吟百韻」で初めて用いられたという。「芭蕉」という俳号は，江戸の深川に居を移した折に門人から贈られた芭蕉の株がやがて繁茂して，その庵が「芭蕉庵」と称されるようになったことによると伝えられている。そして，ほぼその頃から芭蕉は俳諧革新の意気込みを書簡などに記していたようだ（佐藤 (2010: 528) ほか参照）。

　芭蕉は伝統的な対象の「本意」を継承しつつ，常に新しい工夫を重ねて創造的な見方をすることを大切にし，新しい季語を開拓し，必要があれば「四季のみならず，恋・旅・名所・離別等，無季の句もありたきもの」（去来抄）という創造的で自由な発想について語っている。「新しみは俳諧の花なり」（三冊子）と述べて，生涯を通じて対象の真実味を重視して「風雅の誠」を求めたのであった。

　芭蕉は本歌取りなど新古今を特徴づけたようなものの見方を次第に離れて，「竹のことは竹に習え」という言葉に示されているように，私的な観念を捨てて対象の本情に入り込み，対象との一体感を重んじつつそれが多くの人々の共感に支えられたものとなっている「俳諧の誠」を求めようとしたのであった。それは生活から離れた言葉を嫌い，形骸化した言葉遊びを離れて，生活の中に生きている言葉を重視する姿勢であり，「俗談平話」とか「俗語を正す」と呼ばれる蕉風の精神でもある。俳諧における「俗談

第3章 革新される俳句　113

平話」というのは，日常の俗語・話しことばを用いながら，それで風雅を表すということである。

さて，芭蕉は『おくのほそ道』の旅において，歌枕と呼ばれる古歌に詠まれたすべての場所に関心があり，そこがどのようなところであるか自分の目で見たいと思い，古人が何かを感じたように自分もまた何かをそこで感じようとしたようである（キーン (2011: 339-340)）。

それと同時に芭蕉は，門人の彦根藩士の森川許六が江戸から国に帰るときに書きあたえた「許六離別詞」において，「古人の跡を求めず，古人の求めたる所を求めよ」と述べている。ということは，歌枕になっている対象についても，古人と同じ見方をするのではなく，「彼らが何を求めてそこへ行ったか，何を求めて歌や句を詠んだかを念頭に置いてそこへ行く。そうすると自分にも一種のインスピレーションが得られる。しかしそれは，人の真似をすることにはならない。同じ刺激を受けても，自分は別の人間であるから，違う文学作品が出来る」（キーン（同書：340）引用に際して「ます」調を「ある」調に変更した）。そのようにして，芭蕉は歌枕をたどって旅した『おくのほそ道』において，多くの名句を生み出すことができたのであった。

変わらないもの（不易）の中に変わりゆくもの（流行）を，あるいは変わりゆくもの（流行）の中に変わらないもの（不易）を見いだしていこうとする「不易流行」ということが，芭蕉の「風雅の誠」の中核にあったと言ってよいだろう。

たとえばそれまで蛙と言えばその「声」に注目されていたのが，

飛ぶという蛙の「動き」によって生じた水の音によってごく自然に詠まれた「古池や蛙飛こむ水のおと」は，そのように創造的な「蕉風」の句の始まりとして知られている。それまでは句を詠むのに貞門では擬人法や比喩・俗語・ことわざを用いたことば遊び，或いは談林では古事・古語・和歌・謡曲を用いるなど，何らかの工夫がなされていたのが，何ら工夫することなく自然に眼を開いて詠まれることになったのであった。(「古池や」における芭蕉の蕉風における自然への目覚めについて，子規「古池の句の弁」(『俳諧大要』(改版)(1983: 183-218)を参照。また長谷川(2015：134-135)も参照。)

　さて，「よくみれば薺花さく垣ねかな」(続虚栗)では，ふと見落としてしまいそうな情景の中にも人間の関心とは関係なく営まれている自然の生命の確かな営みがとらえられている。「蛸壺やはかなき夢を夏の月」(笈の小文)でも，いわゆる俗なる素材をとりあげながら，「明日までの命とも知らず，壺の中で安心して夏の短い一夜の夢を見て過ごす蛸」に，蛸も人間もすべて生あるものが生きていく自然の姿が詠われていると解釈することができるだろう。

　芭蕉の晩年の「高く心を悟りて俗に帰る」という「軽み(かるみ・かろみ)」の境地とは，このように詩心は高く表現は平明に，身近な対象にさりげなく認められる真実味のことであるという。そこでは，万物が一つであるという自然と生命の関係に目が向けられている。

　芭蕉の門下には，宝井其角・服部嵐雪・向井去来・内藤丈

草・杉山杉風・志太野披・越智越人・立花北枝・森川許六・各務
支考のほかにも，山口素堂・野沢凡兆・広瀬惟然・早野巴人等の
優れた門人が集まっていたが，彼らはそれぞれ強い個性をもって
おり，芭蕉は彼らのそれぞれの個性に合わせて対応していたよう
である。例えば，門人に対して発句作法の注意をあたえるときで
も，酒堂には「発句は初よりすらすらと云い下し来るを上品とす」
「発句は物二つ三つ取組んでなすはよからず，黄金を打ちのべた
るが如く作るべし」と教え，許六には「発句は畢竟取合せ物と思
い侍るべし。二つ取合てよし。とりあはすを上手と云也」と説い
ている。この二つの教えは一見矛盾しているように見えるかもし
れないが，それは芭蕉が常に相手の長所短所に応じて説いたから
であり，おそらく許六が絵画に造詣が深いのを見て，題材の取り
合せを以て導いたものだろう（橋（2011: 208））と考えられている。

　しかし芭蕉亡き後，師の到達した前人未到の境地の真髄を会得
してその後を襲ぐべき人物が出なかったことによって，弟子たち
は，一つにまとまることなく，それぞれ別々の方向に四散してし
まうことになったのかもしれない（詳しくは，橋（2011: 226-256)
を参照）。

　しかし彼らの作った句は先に挙げたような芭蕉の多くの句と共
に，この21世紀の日常にも息づいていて，今日なお多くの人々
に親しまれている。

　また，長谷川（2015）によれば，芭蕉俳諧七部集の前期（「冬
の日」「春の日」「あら野」）では古典からの引用があからさまに
なされていたのが，中期（「ひさご」「猿蓑」）では古典からの引

梅一輪一輪ほどの暖かさ　　嵐雪

目には青葉山時鳥初松魚　　素堂
（やまほととぎす　はつがつお）

用は面影の形でなされ，後期（「炭俵」「続猿蓑」）では「かるみ」によって古典からの脱却が試みられ，古典の知識がなくてもよい，なくてもそれはそれで味わえるということが志向されるようになっている。そして，そのような俳句の特徴は，古典の教養を必ずしも必要としない後年の一茶の俳句へと，支考の美濃派を通じて継承されていったのではないかという推定がなされている（詳しくは，長谷川（2015: 199）を参照）。

　こうして近現代の俳句における古典離れの系譜ということから見れば，従来の「芭蕉―蕪村―一茶」という系譜のほかに，「芭蕉―支考―一茶」の系譜として見る可能性が説得力のあるものとして提出されている（長谷川（2015）を参照）。俳諧七部集の「炭俵」の編集には支考が参加しており，支考の美濃派の勢力によって芭蕉の「かるみ」による古典からの脱却ということは，長谷川の指摘しているように，一茶の時代には広域に浸透していたのではないかと考えられるからである。また一茶の俗語については，蕪村からの影響関係についてもその可能性が推定されているところがある（正岡子規「俳人蕪村」（1983: 142））。

さて芭蕉についてここに追記するとすれば，その句境に大きな変化があったのは野ざらしを覚悟の上の『野ざらし紀行』の旅に出た貞享元年以降のことであったこと，深川時代から佛頂和尚と交流があり，五感の区別による分別を超えた禅の共感覚的な対象

の把握によって自然を通して宇宙の真理を感じ取る句境に達していたのではないかということがある（小西 (1995) ほか参照）。

3.2. 与謝蕪村 (1716-1783)

晩年の芭蕉の時代には，世間の俳諧の世界は，次第に堕落しつつあった。芭蕉のように俳諧の道に全人格を打ち込む風雅の求道者は稀で，「俳諧を体裁の良い慰めとして，酒食の間に弄ぶ富貴の人達」か，さもなければ「俳諧を一種の賭博と心得，点取俳諧に夢中になって勝負を争う人達」の世界となっていた。かつての真摯な態度を全く失ってしまった宝永・正徳以後の俳壇は，特に江戸で流行した点取り俳諧においては，奇抜な比喩や奇警で難解な句を競い，他方では専門の俳諧師もまた蕉風の「俗談平話」を歪曲して，安易に大衆に迎合しようとしていた（橋（同書 p. 227, p. 253））。蕉風の「俗談平話」というのは，本来は，生活から遊離したニュアンスを言葉から取り去って，言葉を生き生きとした実生活の場に戻すということであり，そのようにして言葉の素朴さ・原始性を回復しようとすることであった。

芭蕉没後，宝永・正徳・享保 … と暗黒時代の続いた俳壇であったが，そこに新しい光を投げかけることになったのは，与謝蕪村であった。「蕪村」というのは俳号で，「天王寺蕪の村」のことであろう（正岡子規 (1955c., 1983²: 178)）と言われ，陶淵明の詩「帰去来辞」（5 世紀初頭の成立。「官を辞して帰郷し，自然を友とする田園生活に生きようとする決意を述べたもの」デジタル大

辞泉）に由来すると考えられている（フリー百科事典『ウィキペディア（Wikipedia）』の「与謝蕪村」を参照）。俳号には後年，「夜半亭二世」等も用いられている。本姓は谷口，後に「与謝」と称した。名は信章。豊かな農家に生れ，生来，芸術家の資質に恵まれ，早くから画を好み，20歳頃（17〜18歳頃という説もある）郷里の摂津の国毛馬村を離れて江戸に遊学し，俳諧を当時もっとも勢力のあった内田沾山に学んだ。しかしその俗調に満足できず，元文2年，早野巴人の門人となってその高潔な風格に深く感化された（橋（2011）参照）。そして数年にして夜半亭門下として頭角を現すことになった。

　しかし巴人が亡くなると，当時の世俗的な江戸の俳壇に交わることを好まず，その後十年におよぶ漂白生活を送り，その間，画道に精進した。そして後日，蕪村は池大雅とともに日本南画の大成者となった。

　巴人から「俳諧の道の必ずしも師の句法に泥むべからず，時に変じ時に化し」と教えられたことは，後年になって蕪村が自らの門人である黒柳召波に「俳諧に門戸なし，只是俳諧といふを以て門とす」と述べたことや，師風を顧みず直ちに深く尊敬する芭蕉に復帰しようとした精神にも表れている（橋（2011: 261）参照）。

　「蕪村」という俳号が初めて現れたのは，寛保四年，歳旦帖に記されていた「古庭に鶯啼きぬ日もすがら」という句によるものであった。宝暦元年，36歳で京洛の人となり，その後しばらくして丹後の与謝に遊び，「与謝」と名告ることになった。画家としての名声が高くなり生活も安定して，ようやく蕪村は巴人の後

を継いで夜半亭二世として55歳で立机した。蕪村の門下生は多くはなかったが，黒柳召波・高井几董等のすぐれた門下生を出した。

　芭蕉復帰の光が見え始めるまでの間，世間では高踏的な蕉風よりも大衆的な談林調が歓迎されていたが，芭蕉50回忌を迎える頃には，芭蕉復帰を望む声は高くなり，芭蕉の研究書がいくつも刊行され，各地に芭蕉の句碑が建立されるなど，改革の機運が多方面に現れるようになった。そしてかつて元禄の俳壇では芭蕉一人の俳風が支配していたのと違って，天明の俳壇では「蕪村の高雅，暁台の優麗，麦水の蒼古，樗良の淡泊，」… と，いずれも芭蕉を理想としながら，「多様な」見事な花を咲かせることになっていた。

　与謝蕪村は芭蕉を非常に敬愛していたというだけではなく，その句に見られる顕著な個性によってとりわけ注目される存在であった。蕪村が芭蕉を敬愛していたことは，蕪村による「おくのほそ道絵巻」が作成されたことにも表れているし，直接芭蕉に言及している次のような句にもよく表れている（かっこの中の訳および解説は玉城（2011）。詳しい訳注については，同書同所を参照）。

　また芭蕉による「年くれぬ笠きて草鞋はきながら」野ざらし紀行（貞享元年）があり，この句は，その「前書」とともに，下記の蕪村の句において言及されている。

　そして，芭蕉へ復ろうという俳諧革新運動の根本精神を実らせたことは，なによりも蕪村の大きな貢献であったのではないだろうか。しかし，いうまでもなく芭蕉と蕪村は同じではない。芭蕉

が「不易流行」「軽み」
に目覚めた宇宙と生命と
人生の哲人で、その生活
そのものが俳諧であった
とすれば、蕪村は独特の
創造的な視点による構図
によって対象を視覚的に
とらえたのみならず、聴
覚・嗅覚・触覚によっ
て、そして複数の感覚に
よる共感覚によって、対
象をどこまでも芸術的に
とらえようとした人で
あったのではないかと思
われる。

笠着てわらぢはきながら
芭蕉去てその〻ちいまだ年くれず

　　　　蕪村　句集　（蕪村手沢『独言』識語　遺草）

〔訳〕芭蕉は旅人として澄んだ心境で年の暮を迎えたが、芭蕉
没後そんな人はいない。だから、いまだに年は暮れない。〔解
説〕芭蕉は旅を人生として一年をしめくくり、新境地を開いて
いった。一方、芭蕉の後継者たる私たちは、今年も新しい境地
を開くことができなかったのだから、「年暮れず」という他な
い。）

　下記に引用の蕪村の句に付された（　）の中に記されているの
は、当該句において働いていると思われる顕著な感覚である。
「不在」「幻視」という特質については、松岡正剛の「千夜千冊
（850夜）」に啓発されたところがある。なお「幻視」には、「不
在」が含まれている。

　また［　］の中は古典との関係等について、玉城司（訳注）
（2011, 2016[6]）を適宜、参照引用した。

春

春の海終日のたり〳〵かな　（視覚・聴覚
の共感覚）

几巾きのふの空のありどころ　（時間的・空
間的不在性）

なの花や月は東に日は西に　（時間的・空間
的同時性の視覚的構図）陶淵明「白日西阿ニ
淪ミ素月東嶺ニ出ヅ」（雑詩）。李白「日ハ西
ニ月モ復タ東」（古風）。人麻呂「東の野にか
ぎろひの立つ見えて顧みすれば月傾きぬ」（万
葉集）。「月は東に昴は西に　いとし殿御は真
ん中に」（山家鳥虫歌・丹後）。

春雨やものがたりゆく蓑と傘　（視覚・聴覚）
[蓑と笠を着た人を主従・親子・芭蕉と曾良等
様々に想像できる楽しさ]。

公達に狐化たり宵の春　（幻視）

夏

夏河を越すうれしさよ手に草履　（触覚・視覚の
共感覚）

牡丹散て打かさなりぬ二三片　（視覚・時間感覚）
[牡丹──花の王。「牡丹ノ赤ハ日者ノ如シ、白ハ月
ノ如シ…」（類船集）。]

不二ひとつうづみのこして若葉哉　（視覚・俯瞰
の構図）
[芭蕉「汐越や鶴はぎぬれて海涼し」（奥の細道）の
静を「うつ」によって動の世界に転じた。]

夕風や水青鷺の脛をうつ　（視覚・触覚の共感覚）
[宗祇「おもかげにたつぼたん哉」（視覚、空間
的・時間的不在性）[宗祇「おもかげにたつや初花
あさがすみ」（大発句帳）。春岑「ちりて後は古かね
なれや鉄線花」（ゆめみ草）。]

夕立ちや草葉をつかむ村雀　（視覚・聴覚）

秋

欠ケ〳〵て月もなくなる夜寒哉（よさむ）　（視覚的不在性
と温感——月が欠けるのと夜の寒さの関係）

名月やうさぎのわたる諏訪の海　（幻視）　［うさぎ
——月に住むという。玉兎。諏訪の海——諏訪湖。「諏
訪の池は狐がわたりて其後人往来すとかや」（類船
集）。］

　　幻住庵に暁台（けうたい）が旅寝を訪て

丸盆の椎にむかしの音聞ん　（視覚・聴覚と不在性）

［訳「丸盆に載る椎の実、共に芭蕉翁の昔を聞きましょ
う。」　語釈「幻住庵——宝暦初年頃、雲裡坊が国分山
から義仲寺に移した庵。椎の木も移植した。」］

山暮れて紅葉の朱（あけ）を奪ひけり　（視覚と不在性）

［王勃「烟光凝リテ暮山紫ナリ」（古文真宝後集・滕王
閣序）。朱を奪ふ——「子曰く紫ノ朱ヲ奪フヲ悪ムナリ」
（論語・陽貨）。］

冬

斧入れて香におどろくや冬木立　（嗅覚）

［樗良「梅がかにおどろく梅の散日哉」（あ
け烏）　桐火桶（きりひおけ）無絃（むげん）の琴の撫（なで）ごゝろ　（触覚・視覚
と聴覚的不在性）　［蕭統「淵明音律を解せ
ず。しかるに無絃琴一張を蓄へ、酒適（ママ）
のごとに輙（すなは）ち撫弄す」（陶靖節伝）。］

これらの句はいずれも対象を単に写生しているように見えて，そこに独自の創造的なスケールをあてがうことによって，たった17文字の世界とは思われないような雄大な，或いは深い心の世界を創り出している。そして時間的空間的な不在から存在を描き出すことによって，力動的にも変容する心の世界が自在に

創り出されていると見ることができるだろう。

　紙幅の関係で掲載句を逐一ここに取り上げて論ずることはしないが，ここでは大変わかりやすい最初の句とやや難解な最後の句について，少し詳しく見ることにしたい。

　「春の海」では，「のたりのたり」の鈍くて暖い音 /n/ と大きく暗く鈍い感じを表す音 /o/ の組み合わせから成る「の」と大小の連続的な動きを示唆する母音 /a/ と /i/ を含む「た」/ta/ と「り」/ri/ の音象徴による畳語（重複語）によって描き出されるゆっくりと大きく寄せては小さく砕ける波の動きと音のリズム，一日中ゆっくりと波が大きく寄せてはくだける春の海の光景が，音楽のように，絵のように表現されている。

　最後に挙げた句である「桐火桶」は，桐の木をくりぬいて作った火鉢である「桐火桶」を抱いていると，楽器を弾くことが出来なかった陶淵明が，酒に酔うと無絃の琴をとり出してきて愛撫したという伝説が想起されるというもの。この伝説については，「淵明音律を解せず。しかるに無絃琴一張を蓄へ，酒適（ママ）のごとに輒ち撫弄す」（陶靖節伝）（玉城（訳注）（2011））を参照。音を発しない筈の無絃の琴の音を「聴き」，桐の火鉢のぬくもりに見えない琴を「感じ」，無絃の琴の出す筈のない音を「聴く」という，聴覚・触覚・視覚の不在性と存在性の交錯によって生み出される共感覚的な夢幻の光景が詠まれている。（蕪村は漢詩・和歌・史書・物語の古典にもよく通じていた。）

　蕪村の俳諧の真価は，このように古典の知識をも駆使した自由自在な創造的「感覚」表現によって，単に外界の写生にとどまら

ず「心の世界」を芸術的に，明示的な感覚的表現によって描き出そうとしたところにあるのではないだろうか。そして，それは3.4節の子規のところで蕪村と芭蕉を対照的に後述しているように，芭蕉が概して消極的・主観的に自然・経験・単純を志向するのに対して，蕪村は積極的・客観的に人事・理想・複雑を志向する点において，伝統的な日本の美意識を志向する芭蕉とは対照的に近代的な西欧的明示的な美意識を志向しているように思われる。

　正岡子規が明治の俳句革新運動において，とくに「俳人蕪村」において，蕪村に最高の賛辞を呈しているのは，西欧化する近代の美意識を当時の日常生活において全身で感じ取っていたからではないだろうか。芭蕉の自然志向が無標的不易であるとすれば，蕪村の人事複雑志向は子規の時代を先取りしたような近代的な側面に関係しているところがあると言えないだろうか。

3.3.　小林一茶 (1763–1827)

　いったん百花繚乱と咲き誇った芭蕉復興の動きは，民衆の間に普及浸透するとともに次第に勢いを失い，芭蕉は偶像視されるようになり，芭蕉が述べた「古人の跡を求めず，古人の求めたる所を求めよ」という教えは次第に形骸化されるようになっていった。そして大衆化した俳諧の世界は次第に趣味と社交の世界へと変質し，かつては厳粛な修行の道であった行脚は行楽の旅のようなものとなり，次第に数を増した業俳遊俳の輩は広域に行き来して慶

弔の歌仙を巻くなど社交性の強いものになっていった（橋（2011: 304）参照）。

そのように大衆化した俳諧が喜ばれたのが，徳川十一代将軍家斉の化政時代（＝文化文政時代）の町人文化であった。趣味と社交が喜ばれるのは文化が爛熟した時によく見られる現象であると言われるが，俳諧についてもそれは例外ではなかったようである。

しかしこのような時代の中から，新時代を先取りしたような異色の俳人「小林一茶」が生まれることになった。一茶の句には常にいきいきとした生活感が満ち溢れ，俳諧の世界で生き抜いていくために必要な他の俳人との交流も重んじられながらも，一茶の場合それはいわゆる趣味的な社交とはほど遠いもので，彼にとって生きる力となる創作の世界に生き残るためのものであった。それは，一茶の長い漂泊生活の中で，その才能を認めてそれを愛した人たち，宿泊と食事と俳諧のための親しい人間関係の場を提供した信頼できる人たちとのつながりであり，旅から旅への生活の中で句作や句集そして日記などの散文を生み出す仕事の場を与えた人たちとの触れ合いの場でもあった。よく知られているのは，馬橋の大川家，布川の古田家，日本橋の松井家であった（詳しくは，伊藤晃（2014: 101ff）を参照）。

伊藤晃（2014）によれば，一茶は芭蕉のみならず西鶴をも密かに激しく憧憬していて，西鶴のような散文作家として活躍する志にも強いものがあったようである。長年の間，漂泊の身の上にあった一茶にそのような仕事をするための協力を申し出る人たち

が常に各地に存在していたということは，一茶の隔てのない人間性と努力を怠らない姿によるものであったのだろう。そして，どのような苦難の中にあっても，根底においてそれを明るく楽観的に支えていたものは，浄土真宗の信徒として「すべてを阿弥陀如来にゆだねる」心であったのかもしれないと言われている。

　一茶の俳句の多くのものは，日常生活の中で経験される喜怒哀楽が時にユーモアと辛口な皮肉を交えて，「心の誠」が飾らない日常の言葉で詠まれたものである。そこには人間のみならず蚤・虱・雀・鶯・雲雀・雉・雁・馬・蛙・蝶・菫・菜の花・蕨・芒等の身近な動物や植物が登場し，自分と同じように弱く小さな存在への共感にあふれ，それが同時代の土地の素朴な語り口によって詠まれている。そして常にどのような対象とも隔てなく，どのようなときにも状況におぼれることなく，ある一定の距離をとって自分自身と世間を冷静に見つめているもう一人の飄逸な存在になっている。そのようなことが一茶の大きな魅力となっているように思われる。

　一茶は宝暦13年（西暦1763年），信州柏原の農家に父「小林弥五兵衛」と母「くに」との間に長男として生まれた。三歳にして母と死別，8歳のとき継母が迎えられたが，その継母に弟が生まれてからは，継子としてかなり虐待されたようである。14歳で祖母を亡くした一茶を父は思い切って遠く江戸へと奉公に出したのであった（橋（2011: 326））。

　(1) は，一茶6歳の作と伝えられている。

> (1) 我と来て遊べや親のない雀（おらが春）
>
> (2) 春立つや弥太郎改め一茶坊（七番日記）

一茶は江戸に出る前に,「新甫」と号して俳諧に詳しかった本陣の中村六右衛門から読み書きを授かり,当時その家の食客となっていた肥前大村の藩士である堀孫左衛門が俳諧をよくした為に,一茶はその影響をも受けて俳諧の道に進む素地が与えられたのではないかと考えられている (橋 (2011: 326))。

江戸に出た一茶はしばらく消息不明であったが,天明 7 年,25 歳の冬,蕉門葛飾派馬光の門人二六庵竹阿の許で彼が写した「白砂人集」によって,その消息が判明することになった。寛政 2 年,竹阿の没後,一茶は郷里の父を訪ね,天明 4 年,(2)「春立つや…」と詠んで,自ら「一茶」と称すことになり,それから 6 年半に及ぶ西国行脚の旅に出た。江戸に戻った一茶は俳諧で世に立ち,当時高名であった夏目成美と親交を結ぶことになった。

一茶は文化 9 年 50 歳の頃,雉を詠んだとき,「走る雉山や恋しき妻ほしき」(七番日記)と単純率直な現代風の句を詠んでいる。

享和元年,一茶は 39 歳で父を失い,その後 13 年間にわたって継母と異母弟相手に遺産相続の争いが続いた(近年,この相続争いについて,異母弟寄りの視点から新しい見解が示されるようになっており,そこでは一茶の行動は激しく批判されている。詳しくは髙橋敏 (2017) を参照)。しかしそれも,父の家を二分してその半分に住むことに決着して,52 歳にして初めて一茶は故郷に「我家」をもち結婚することになった。その喜びを彼は次のように詠んでいる。

一茶は妻「きく」との間に三男一女の子どもに恵まれたが,長男千太郎は生まれて一カ月も経たないうちに亡くなり,他の子ど

もたちもそれぞれ生まれた年の翌年には亡くなってしまった。自身子どものような心を持ち，子ども好きであった一茶が宝物のように大切に思っていた自分の子どもたちは次々と亡くなってしまい，一茶52歳のとき28歳で結婚した妻「きく」までも，37歳で亡くなった。これからかわいい盛りという幼子を失い，妻まで失った一茶の胸の内はいかなるものであったろうか。

こんな身も拾ふ神ありて花の春
（七番日記（文化一三年）

見かぎりし古郷の山桜哉
（享和句帖（享和三年）

漂白四〇年
ふしぎ也生た家でけふの月
（七番日記（文化一三年）

愛子を失ひて

露の世ハ露の世ながらさりながら
（おらが春（文政二年）　長女さとの挽歌

名月や膳に這よる子があらば
（八番日記（文政二年）　長女さとの思い出

最う一度せめて目を明け雑煮膳
（真蹟（文政四年）この日、石太郎は母の背で窒息死した。

陽炎や目につきまとふわらひ顔
（真蹟　八番日記（文政四年）　次男石太郎初七日の墓参にて

小言いふ相手もあらばけふの月
（文政句帖（文政六年）　妻「きく」への追慕

そして62歳で再婚した「ゆき」とは三カ月足らずで離婚し、64歳で三度目の結婚をしたヤヲとの間に，翌年，一茶（65歳で）亡き後，娘（やた）が生まれた。

　一茶は幼いころから，身のまわりの人や小さな弱い動植物にも隔てのない眼差しを向けてきたが，たとえば次のような句がある。

田の雁や村の人数（にんず）はけふもへる　　　　　　　　　（七番日記）（文化八年）
（秋になると雁が飛来してその数は増えていくが、秋から冬に仕事のない北国の人は出稼ぎに出るので人は減る。）

名月をとつてくれろと泣子哉　　　（句稿消息　おらが春（文化一〇年））

猫の子のかくれんぼする萩の花　　　（七番日記（文化一一年））

雪とけて村一ぱいの子ども哉　　　（七番日記（文化一一年））

瘦蛙まけるな一茶是に有　　　（七番日記　浅黄空（文化一三年））

寝返りをするぞそこのけ蛬（きりぎりす）　　　（七番日記（文化一三年））

陽炎にぐい〳〵猫の鼾（いびき）かな　　　（七番日記（文化一一年））

雀の子そこのけ〳〵御馬が通る　　　（八番日記　おらが春（文化二年））

やれ打な蠅が手をすり足をする　　　（梅塵本八番日記（文政四年））

栗拾ひねん〳〵ころり云ながら　　　（文政句帖（文政五年））

　これらの句の傍線部を見てもわかるように，一茶の句には繰り

返しのリズムや同じ音の繰り返しも好んで用いられていて、音楽的なリズムに富んでいるものが多い。

　一茶が芭蕉を大変敬愛していたことは確かであるが、芭蕉の神格化には賛成したくなかったようだ。寛政五年、芭蕉百回忌にあたり「桃青霊神」(「桃青」は芭蕉の初号) なる尊号が神祇伯から下賜されるや、世間では芭蕉を神格化して奉ってしまうようになった。下記の一茶の句の傍線部には、そのような点についての揶揄があるのかもしれない (詳しくは、伊藤晃 (2014: 71f.) を参照)。

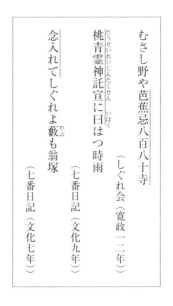

むさし野や芭蕉忌八百八十寺
　　　　　(しぐれ会 (寛政一二年))

桃青霊神託宣に日はつ時雨
　　　　　(七番日記 (文化九年))

念入れてしぐれよ藪も翁塚
　　　　　(七番日記 (文化七年))

最後に、半生を振り返った次のような句もある。

第3章　革新される俳句　131

露の世の露の中にてけんくわ哉

（遺産をめぐっての義母や義弟との争い）

（七番日記（文化七年））

花の月のとちんぷんかんのうき世哉

（七番日記（文化八年））

是がまあつひの栖か雪五尺

（句稿消息　七番日記（文化九年））

「古郷での永住を決意しての句」玉城　（二〇一三、二〇一六（三版））

解釈）

亡母や海見る度に見る度に

（七番日記（文化九年））

目出度さもちう位也おらが春

（おらが春（文政二年））

（「ちう位――適当。適切な意で使われる北信濃地方の方言。否定的に使う場合と適切であるとして使う場合と両方ある。」玉城（訳注）

（二〇一三、二〇一六（三版））

　一茶の句には難解なものはほとんどないが，次の句の後の（　）の中に記されているように，よく知られた万葉集，芭蕉の句，西行の歌，漢詩などが下敷にされているものも見いだせる。

君が世や旅にしあれど笥の雑煮

（寛政句帖（寛政五年））

（有間皇子「家にあれば笥に盛る飯を草枕旅
にしあれば椎の葉に盛る」）

死支度致せ〳〵と桜哉

（七番日記（文化七年））

（西行「願くは花の下にて春死なん」）

夕ざくらけふも昔に成にけり

（七番日記（文化七年））

（芭蕉「さまざまの事おもひ出す桜哉」、其
角「墨の梅はるやむかしの昔かな」）

　また，一茶の存命中には，飢饉（天明の大飢
饉）も一揆もあった。次の句は善光寺（長野市）
で起こった打ち壊しの一揆を背景にしたもので
ある。

とく暮れよことしのやうな
悪どしは

（七番日記（文化一〇年））

　以上に見てきたように一茶には日々の生活を
詠んだ句が圧倒的に多いが，「木曽山に流入け
り天の川」（七番日記（文政元年））のように大景
を詠んだものもある。これもまた一茶の世界で
ある。そしてよく見ると，すでに引用した「露の世ハ」「花の月
の」のように，自分の生涯や世の中をも俯瞰したようなものがい
くつかあったことにも気がつく。

　伊藤晃（2014: 184）は，一茶と西鶴について論じた中で，ど

ちらも士農工商の階級社会から見ても武士階級ではなく，家庭的に恵まれていなかったことから見ても（西鶴も妻を早く失い，一人娘は目が不自由で早世するという境遇にあった），共通点があったことについて述べている。そして，どちらも作品の中では生き生きとした俗語が用いられていることは特筆に値する。西鶴は『好色一代男』などの浮世草子の作家として広く知られているが，もともと俳諧師であり，談林の俳人であった。一昼夜の独吟の数を競う「矢数俳諧」を創始して不倒の記録も打ち立てている。一茶も俳人として知られているが，一茶には『株番』などの散文もあり，すでに述べたように散文作家としての志を持っていたことは伊藤（2014）に詳しい。

　いずれにせよ，彼らはそれまでにない生き生きとした「生活の言葉」で，古典の知識にあまり頼ることもなく「心の誠」を表現しようとする大衆文学の夜明けに生きていたということになるだろうか。

3.4. 正岡子規 (1867-1902)

　子規は，俳人・歌人としてもまた明治の俳句・短歌革新運動の統率者としても有名である。よく知られている句の中には，次のようなものがある。

> 鶏頭の一四五本もありぬべし
>
> 法隆寺の茶店に憩ひて
> 柿くへば鐘が鳴るなり法隆寺
>
> 五月雨や上野の山も見あきたり
>
> 臥病十年
> 首あげて折々見るや庭の萩
>
> いもうとの帰り遅さよ五日月
>
> 薔薇を見る眼の草臥や病上り
>
> 赤蜻蛉筑波に雲もなかりけり

鶏頭の句は，斎藤茂吉が芭蕉も蕪村も追随を許さない「端的単心の趣」を指摘して，「子規の写生観の実行は此処まで到来したのである」と高く評価した。それに対して，高浜虚子はこの句を「子規遺稿・子規句集」（高浜虚子・河東碧梧桐（共編）（明治42年））にも「子規句集」（高浜虚子（編）（昭和16年））にも選ばなかったので，いわゆる「鶏頭論争」を呼んだことでも知られている。

さて，「俳句」という語は「俳諧の句」の略語として発句および連句の句を指して江戸時代から用いられていたものであるが，俳諧の連歌の発句が独立したものとして一般に用いられるようになったのは，明治20年代以降で，子規が一連の俳句革新運動の一環としてこれを用い始めたことによるものであった。

正岡子規による「獺祭書屋俳話」（26歳）「芭蕉雑談」（27歳）「俳諧大要」（29歳）「俳人蕪村」（31歳）という一連の評論を読むと，このように多大な資料についての的確な論考の積み重ねを必要とするものが一青年によって新聞『日本』への連載という形

第3章 革新される俳句　135

で矢継ぎ早に書きあげられたことに，そしてその完成度に，大き
な驚きを覚えざるを得ない（各論考の末尾に付けられた年齢は，
各々の論考の連載が始まった時の著者子規の年齢である）。これ
らの論考こそ，明治における俳句革新運動の揺るぎなき土台と
なった「芭蕉発見」であり，「第二の芭蕉である蕪村の発見」を宣
言したものであった。

　子規は 22 〜 23 歳の頃から，古典俳句の分類作業という多大
な時間と気力を必要とする「俳句分類」の仕事に熱心に取り組ん
でいた。そして子規門の内藤鳴雪は，「俳句分類」について，「是
れは日課として居て，如何なる多忙疲労の日も決して欠が（ママ）
さず，或は夜遅く帰宅したとしても是非従事すること〴し，夜の
二時，三時までも起きて居ることは珍からぬとの事」（「ホトトギ
ス」第 6 巻第 4 号「子規追悼号」：復本一郎（2016: 270））と，往時を
偲んでいる。そしてこの仕事を通じて俳句を歴史的に見ることか
ら，きわめて創造的で革新的な芭蕉を発見し，それまでの俳句が
一種の言葉遊びにすぎなかったことを発見していたのであった。
特に芭蕉の最後の 10 年，とりわけ 3，4 年の創造的な仕事を高
く評価して，芭蕉の俳諧七部集の「猿蓑」に出会った大きな喜び
について語っている。それと同時に，当時世間で行われていたよ
うな芭蕉についての盲目的な崇拝を拒否している。

　他方において，芭蕉の死後ほぼ百年にして現れた蕪村を「第二
の芭蕉」と呼んで，その俳句の自由闊達な雅致ある「写生」を多
くの具体例を挙げつつ高く評価したのであった。

　子規は俳句のみならず短歌の革新をも志し，その活動は多岐に

及んでいるが，ここでは俳句を中心に子規が駆け抜けたその短い生涯における濃密で革新的な仕事を略述することにしたい。

　「子規」というのは号で，本名は常規，幼名は処之助，後に升。正岡隼太・八重の次男として現在の松山市に生まれる。母方の祖父である大原観山（有恒）の私塾で素読を習う。小中学校時代に漢詩の指導を受ける。18歳で随筆を書き始め，19歳で和歌を習い，俳句を作り始める。21歳で俳句を大原其戎に学ぶ。其戎の主宰誌に投句を始める。22歳で鎌倉にて初めて喀血。23歳で漱石との交友始まる。再び喀血。啼いて血を吐く「ホトトギス」の別名である「子規」を号として使い始める。句作に熱中。夏，帰省し，静養する。22歳か23歳の頃より「俳句分類」に取り組んだと思われる。24歳，河東碧梧桐の句を指導。25歳，小説「月の都」執筆。高浜虚子（本名　清）との文通始る。芭蕉七部集の『猿蓑』で俳句開眼。

　26歳で「獺祭書屋俳話」を新聞『日本』に連載開始。日本新聞社に入社。27歳で帝国大学文科大学を退学。芭蕉を慕って東北を旅行し，「はて知らずの記」を書く。新聞『日本』に「芭蕉雑談」を発表。『獺祭書屋俳話』刊行。28歳，洋画家中村不折を知り，写生の妙味を会得。29歳，日清戦争の従軍記者として遼東半島へ行く。病気のため帰国の船中で喀血。神戸病院に入院。一時重体に陥る。須磨保養院を経て松山に帰省し，愚陀仏庵で漱石と50日あまりを過ごし，地元の松風会会員と連日句会をもつ（「愚陀仏」は漱石の別号で，多く俳号として用いられた）。松山で松風会会

員におこなった俳句の講義を新聞『日本』に連載。東京への帰途，奈良に遊ぶ。

30歳で歩行困難，寝たきりとなる。カリエスと診断される。31歳，松山で「ほとゝぎす」創刊。新聞『日本』に「俳人蕪村」連載。臀部に穴が二か所あき膿が出始める。32歳，日本派の秀句集『新俳句』刊行。東京版「ほとゝぎす」一号が虚子により発行される。新聞『日本』に「歌よみに与ふる書」を発表し，短歌革新を始める。33歳，『俳諧大要』刊行。年々病状悪化の一方。34歳，『日本』に写生文を提唱。写生文集『寒玉集』刊行。35歳，『日本』に「墨汁一滴」を連載。病状悪化。「仰臥漫録」を書き始める。モルヒネを使用しながらの生活。子規編の日本派の秀句集『春夏秋冬・春之部』刊行。36歳で『日本』に「病床六尺」の連載開始。連日，麻痺剤を服用。絶筆三句。(以上の記載については，復本一郎 (2016)「略年譜」および「解説」を適宜参照した。)

さて，このように短い生涯の中で高浜虚子・河東碧梧桐はじめ多くの賛同者を得て成し遂げられた俳句革新は，子規自身が次のように述べていることと密接に関係している。

1. 「漸く『七部集』(殊に「猿蓑」)に眼を開き，始めて元禄の貴ぶべきを知れり。…『七部集』を見て言ふべからざる愉快を感ぜし時は，始めて夜の明けたるが如き心地に，大悟徹底あるいはこれならんかなど，いたづらに思ひ驕りし事を記憶す。とにかく予が理窟を捨てて自然に

入りたるはこの時なり。写実的自然は俳句の大部分にして，即ち俳句の生命なり。この趣味を解せずして俳句に入らんとするは，水を汲まずして月を取らんとするに同じ。いよいよ取らんとしていよいよ度を失す。月影紛々終に完円を見ず。」（正岡子規　明治32年2月。(1955, 1983[2]) 改版「俳句の初歩」『俳諧大要』: 234-235)

2. 「芭蕉が蛙の上に活眼を開きたるは，即ち自然の上に活眼を開きたるなり。その自然の上に活眼を開きたる時の第一句が蛙の句なりしは偶然の事に属す。」（同書「古池の句の弁」『俳諧大要』: 216)

3. 「芭蕉が創造の巧は俳諧史上特筆すべき者たること論を俟たず。この点において何人か能くこれに凌駕せん。芭蕉の俳句は変化多き処において，雄渾なる処において，高雅なる処において，俳句界中第一流の人たるを得。この俳句はその創業の功より得たる名誉加へて無上の賞賛を博したれども，余より見ればその賞賛は俳句の価値に対して過分の賞讃たるを認めざるを得ず。誦するにも堪へぬ芭蕉の俳句を註釈して勿体つける俳人あれば，縁もゆかりもなき句を刻して芭蕉塚と称へこれを尊ぶ俗人もありて，芭蕉といふ名は徹頭徹尾尊敬の意味を表したる中に，咳唾球を成し句々吟誦するに堪へながら，世人はこれを知らず，宗匠はこれを尊ばず，百年間空しく瓦礫と共に埋められて光彩を放つを得ざりし者を蕪村とす。蕪村の俳句は芭蕉に匹敵すべく，あるいはこれに凌駕す

る処ありて，かへつて名誉を得ざりしものは主としてその句の平民的ならざりしと，蕪村以後の俳人の尽く無学無識なるとに因れり。… 無学無識の徒に知られざりしはむしろ蕪村の喜びし所なるべきか。その放縦不羈世俗の外に卓立せしところを見るに，蕪村また性行において尊尚すべきものあり。しかして世はこれを容れざるなり。」(同書「俳人蕪村」『俳諧大要』: 102-103)

4.　「とにかく二百余年の昔，芭蕉翁のさまよひしあと慕ひ行けば，いづこか名所故跡ならざらん。其の（筆者子規注・芭蕉翁の）足は此の道を踏みけん，其の目は此の景をもながめけんと思ふさへただ其の代の事のみ忍ばれて，俤は眼の前に彷彿たり。

　　　その人の足あとふめば風薫る」(正岡子規「はて知らずの記」行脚中の明治 26 年 (1893)，本宮（福島県）の条。復本一郎 (2016: 279) に引用)

5.　「芭蕉忌や芭蕉に媚びる人いやし　　子規」(高浜虚子(選)『子規句集』(1993: 252))

　ここにはまず，子規が芭蕉の『猿蓑』によって俳句に開眼した大きな喜びが述べられている。俳句はその「写実的自然」にあること，芭蕉の俳句は，創造的であることにおいてこれまで他に並ぶものがないとみなされていることが記されている。しかし芭蕉といえども，必ずしも名句ばかりではなく，芭蕉は高く評価され過ぎている所がある──私たちは芭蕉が蕉風を見いだすまでの試

行錯誤を知っている。芭蕉の句として残っているものの中には，当然，後年からみれば，芭蕉自身満足できないものが多く含まれていたはずである。また，芭蕉が有名になると，ほかの人の作った句まで芭蕉の句として句碑が立てられたという。このあたりのことが，第5項において言及されているのだろう。

　他方，蕪村の句は見方によれば，時に芭蕉をしのぐものがあるにもかかわらず，正当な評価を受けられないまま埋もれてしまっているのはなぜだろうか，と子規は問うている。そしてそれは蕪村の句を理解するには，無学無識というわけにはいかないからである，と自答している。芭蕉の句は，誰にもわかりやすい言葉で高い句境を詠むことを志していたことはすでに見てきたとおりである。しかし，それは未完の暗示的表現を旨としたものであった。新しい時代の子規が求めていたものは，新奇な表現を易々と試みる蕪村の明示的な言葉遣いであったのではないだろうか。

　子規は「詞の俳諧」を「誠の俳諧」「風雅の俳諧」にするという芭蕉の創造的な偉業を高く評価していたがゆえにこそ，芭蕉の真価を評価しないまま芭蕉を神格化することを卑しめたのだろう。子規は「俳人蕪村」において，芭蕉と蕪村の句を引用して比較しながら，この二人のすぐれた俳人の生み出す句の「相違する」特徴を詳しく具体的に描いている。

　「俳人蕪村」にしたがって芭蕉と蕪村を対比すると，ほぼ次のようになるだろうか。下記のリストは，子規が注目した蕪村と芭蕉に特徴的な点を記したもので，たとえば1の例で言えば，蕪村には積極的美が「強く」志向されているのに対して，芭蕉には

消極的美が「強く」志向されているという意味である。必ずしも芭蕉に積極的美が見られないという意味ではない。また7以下のように，芭蕉において，その特徴が記されていないのは，蕪村に見られるような特徴がその点において少ないか欠落していることを意味している。詳しくは，「俳人蕪村」を参照。蕪村の句の表記は『蕪村句集』(2011, 2016 (6 版)) に従った。

1. <u>蕪村</u>　積極的美　（雄渾・勁健・艶麗・活発・奇警）
   例）牡丹散て打かさなりぬ二三片
   <u>芭蕉</u>　消極的美　（古雅・幽玄・悲惨・沈静・平易）

2. <u>蕪村</u>　客観的美　（絵画的）
   例）四五人に月落かかるおどり哉
   <u>芭蕉</u>　主観的美　（客観を描き尽さず、観る者の想像に任す）

3. <u>蕪村</u>　人事的美　（複雑・活動）
   例）行春や撰者を恨む歌の主
   <u>芭蕉</u>　天然　（簡単・沈黙）

4. <u>蕪村</u>　理想的美　（経験できないこと、あるいは実際あり得ないこと）
   例）名月やうさぎのわたる諏訪の海
   <u>芭蕉</u>　実験的　（経験したこと）

5. <u>蕪村</u>　複雑的美（外に広きもの）
   例）草霞み水に声なき日暮かな
   <u>芭蕉</u>　簡単

6. <u>蕪村</u>　精細的美（内に 精《つまびらか》なるもの）

例）鶯の啼《なく》や小《ちい》さき口明《あ》イて

<u>芭蕉</u>　叙事形容に粗にして風韻に勝ちたる

7. 用語

<u>蕪村</u>（漢語・古語・俗語）

例）月天心貧しき町を通りけり

ゆふがほや黄に咲たるも有《ある》べかり

酒を煮る家の女房ちよとほれた

8. 句法

<u>蕪村</u>（漢文的・漢詩的・古文的・和歌的・〜に・〜顔・等）

例）なの花や月は東に日は西に　　　（漢文的）

　古井戸や蚊に飛ぶ魚の音暗し　　（漢詩的）

　橋なくて日暮れんとする春の水　（古文的）

　春の水背戸《せど》に田つくらんとぞ思ふ　（和歌的）

　帰る雁田ごとの月の曇る夜に　　（〜に）

　耕すや五石の粟のあるじ顔　　　（〜顔）

9. 句調

<u>蕪村</u>

（五七五、六七五、七七五、八七五, 九七五、七七五、八七五、九七五、五八五、五九五、五十五、五七六、五八六、六七六、六八六 … 等）

例）花散り月落ちて文こゝにあら有難や

（九七五調）

第3章　革新される俳句　143

　　　芭蕉　原則として五七五

10.　文法

　　　蕪村（他動詞、助動詞、形容詞）「べし→べく、なり→
　　　なる、等」
　　　例）鮓を圧す石上に詩を題すべく

11.　材料

　　　蕪村（狐狸、その他怪異な連想を起こす動物、州名・国
　　　名など広き地名、糞尿、上流社会等、新奇なものごと）
　　　例）公達に狐ばけたり宵の春

12.　蕪村　雅致ある縁語・比喩
　　　例）近道へ出てうれし野のつゝじかな

　子規は「俳句分類」という史的研究によって貞門→談林→蕉風
への推移が明らかになり、芭蕉より前の俳風が一種のことば遊び
にすぎなかったことを覚るとともに、芭蕉の真価を発見して初め
て俳句に開眼したのであった。同じ蕉風と言っても、「「猿蓑」に
至り初めて句々皆面白く、愉快さに胸が躍るようであった」と感
じたのであり、低迷していた俳句を革新しなければならないとい
う切実な思いに駆られたのであった。

　子規は俳句に熱中して大学を中退し、日本新聞に入社して俳句
に専念することになる。当時踏襲されていた天保の俗調を「旧派」
「月並み派」と呼び、自らの改革派の俳句を「新派」と呼んで区別
した。そして、新派の俳句は新聞『日本』に掲載されていたので、
「日本派」とも呼ばれた。「月並み」という呼称は子規の創案では

なく，伝統的に宗匠が門下生を集めて毎月定期的に開く句会が「月並み」と呼ばれていたにすぎないのであるが，そのような句会を支配していた俳風もまた「月並み」と呼ばれるようになっていたのであった。

「新派」と「旧派」の俳句の主な相違とは，ほぼ次のようなことであった。

新派（日本派）	旧派（月並み調）
1. 直接感情に訴える。	1. 知識に訴えることが多い。
2. 陳腐な趣向（意匠）を嫌う。	2. 新奇な趣向を嫌う。
3. 言語のたるみを嫌う。	3. 言語の緊密性を嫌う。
4. 音調の調和するかぎり，雅語俗語・漢語・洋語を嫌わない。	4. 洋語は排斥し，漢語は使い慣れた範囲で使用し，雅語も多くは用いない。
5. 特別視する俳諧の系統・流派をもたない。	5. 特定の系統・流派を特別視する。

「芭蕉発見」によって始った子規の俳句革新は，芭蕉の創造的な改革精神を継承し，それと同時に芭蕉と補完的な特徴をもっていると見ることもできる蕪村の句境を発見することになった。その精髄は『獺祭書屋俳話』『俳諧大要』，とりわけ「俳人蕪村」において詳しく論じられている（「俳人蕪村」「古池の句の弁」「俳句の初歩」は，今日，『俳諧大要』(1983) に収録されている）。

子規の論理は整然としていて明示的であり，当時にあってすでに複雑化しつつあったこの現代を先取りしたような明示性の強い

ものとなっている。社会の因習や人間関係のしがらみを振り払ってまっしぐらに論じられた子規の諸論考はまさに革新的なものとなっていて，その直截な表現は清新な「勇気」「勁さ」を印象づけるものとなっている。子規が俳句革新を進めていった性急とも見える潔さからは，残された生があたかも秒刻みになってしまったことを感じていたであろう子規の生き急ぐ心臓の鼓動が聞こえてくるようである。

　子規の語録には，「禅宗の悟りというのはいつでも死ねることだとばかりこれまで考えていたのは誤りで，実は逆に如何なる場合にも生きていることであつた」という意味のものがある。「いつでも死ねること」と同時に「如何なる場合にも生きていること」ということほど子規の生き方をよく言い表しているものはないのではないだろうか。その事は，「仰臥漫録」「墨汁一滴」に記されているような子規の実人生の生き方において，そしてその絶筆となった三句の写実的自然において，見事に表されている。

絶筆　三句

［是れ子が永眠の十二時間前即ち十八日の午前十一時病床に仰臥しつゝ痩せに痩せたる手に依りて書かれたる最後の俳句なり　『日本』の前文］

糸瓜（へちま）咲て痰のつまりし仏かな
痰（たん）一斗糸瓜の水も間にあはず
をとゝひのへちまの水も取らざりき

この絶筆三句について，歌人　吉野秀雄（1902-1967）は次のように記している。

「仏かな」「間に合はず」「取らざりき」等の表現によって子規が死を覚悟していたことは明らかであるが，しかしいはゆる辞世らしい殊更な身振りなどは微塵も感じられず，まるで日常目にふれる風物を詠むがごとくに淡々と詠み放っている。つまり彼は命尽きいく自分をすら客観化視できるだけの心的妙境に達しえてゐたのであって，わたしはそこにこそ彼の説く写生道のぎりぎりのすがたを認めようとする者である。なおかつ，しまひの句ははじめ「をとひの」と書き損じ，傍らの碧梧桐がどんな意味かしらんといぶかつてゐる時，子規は再びまなこをひらいて「と」の一字を添へたといふことだが，肉体の四分の三まで死に朽ちてゐた彼がかすかに燃え残るいのちをかきたてふりしぼつた意力のすさまじさに感嘆せざるをえない。かうして彼はあくまでも生きに生き抜いたのである。子規の写生説が絵画手法の写生から来てゐることはいふまでもないが，それだからといつて近来子規の写生は可視的な範囲を出でぬ幼稚なものに過ぎなかつたなどと彼をあしざまにいふ徒輩のあることをわたしは悲しむ。絵画上の写生を文学上の写生に導入したのは子規が苦心惨憺身をもつて体得した創見であり，彼の和歌俳句革新の唯一の原動力となつたものである。　　　　　　　　　　　（吉野秀雄（1951））

さて，芭蕉は「詞の俳諧」を「誠の俳諧」「風雅の誠の俳諧」に

高めるという革新を志した。蕪村は古典の知識と五感および共感覚を創造的に駆使して，俗語や今日的な明示的表現をも自由に用いた。一茶は古典に依らず日常用語をのびのび使いこなした。子規は芭蕉によって俳句の本質的な自然性に目覚めるとともに，イメージとモンタージュを核とする写生を重んじ（「鶏頭」の句の例で言えば，「鶏頭の一四五本」を焦点化している写生の独創性），「俳句」という新しい形式を生み出すことが出来たのであった。

このようにして日本の風土と伝統的文化の中から生み出されてきた俳句は，現代俳句の多様な姿において，伝統を継承しながら今日の私たちの生活の中に息づいているということになる。

3.5.　近現代俳句

子規による明治の俳句革新運動から今日までの間にも，時代の変化に伴う生活の変化，それによって引き起こされてきた解釈の変化，その一つの結果としての俳句のかたちの変化があったに違いない。そこで，ここではまず誰の目にも明らかなその間における一つの大きな変化について注目しておきたいと思う。それは，俳句を詠む女性人口の大幅な増加ということである。

これまで短歌と俳句（発句）を詠んできた人の性別を見ると，短歌（和歌）は伊勢小町，紫式部の昔から多くの女性によって長い間詠まれてきたが，俳句（俳諧）は元禄の四俳女（捨女，智月，園女，秋色）や千代女（加賀千代）など江戸時代に活躍した女性が存在したにもかかわらず，明治・大正の時代になってもまだ主

として男性によって詠まれていたのであった。

　しかし20世紀にはいって女性の社会進出が増えるにしたがっ
て，俳句を詠む女性の数は少しずつ増え，今日ではどの俳句の結
社にあっても圧倒的に女性の方が多くなっている。女性が急激に
増加したのは昭和40年代からであると言われているが（松井幸子
(2009))，それには電化製品の普及によって，女性の社会的活動
が容易になったということ，そして戦後の民主主義による男女平
等の精神による学校教育を受けた女子が学校を卒業して社会人に
なっていった時期がそれとほぼ並行しているということがあった
ように思われる。

　大正時代すでに，女性の俳句人口を増やすことを考えていた高
浜虚子は，『ホトトギス』に「婦人十句集」という女性専用の投稿
欄を設け（大正2年6月号），周りの女性に句作を奨めたのであっ
た――初期の形は，毎回出題し出句し回覧する形であった。これ
がその後大正5年10月には婦人欄新設，台所雑詠，家庭雑詠と
試みられていく。このようなことがきっかけとなって，その後，
俳句の世界でも長谷川かな女，阿部みどり女，杉田久女，竹下し
づの女，中村汀女，星野立子（高浜虚子の次女），橋本多佳子等
の女性の俳人が活躍するようになっていった。それでも，その数
は男性に比べると圧倒的に少なかったようである。

　しかし今日，俳句は男性のみならず多くの女性の関心を集めて
いる。そして今日の俳句の結社において女性の占める割合は，概
して80パーセントを超える状態である。このことには，女性の
平均寿命が延びていること，昔と違って今日では女性が家の外で

活動することが珍しいことではなくなっていること，女性も家事
から解放されて句会や吟行に参加できる条件が次第に整ってきて
いること等，女性の社会生活の条件の変化も大きく関与している
ところがあるのだろう。

　それでは，この「女性による俳句」という現象は，結果的に俳
句そのものの形式にも何らかの影響を及ぼしているということが
あるのだろうか。かつて外山滋比古は，外山（2003）に再録され
ることになった諸論考において，女性と現代俳句の関係につい
て，次のような傾向が生ずる可能性を予測していた。

1.　名詞表現よりも動詞表現が中心になる傾向。
2.　概して，難解な表現から，わかりやすい表現になる傾
　　向。
3.　聞こえない俳句から聞こえる俳句になる。すなわち，
　　沈黙の「文字」を重んずる句から「声と調べ」を回復す
　　る傾向。

このような予測がなされた背景としては，女性の詠む俳句は，
女性の作者が多かった短歌のようなものになると予測されていた
ということがあったのだろう。短歌は和語の動詞を軸にしたもの
であるのに対して俳句は漢詩を根にしているということがあり，
そのために漢詩を根にした俳句は男性的なもの，和語の動詞を軸
にした短歌は女性的なものという考えがあったのではないだろう
か。平安時代以降，長歌・旋頭歌はほとんど作られなくなり，和
歌と言えば短歌を指すようになっていた。短歌は「和歌」「倭歌」

とも呼ばれ，漢詩に対して日本語の歌という意味をもつ言葉であった。そして動詞中心の言葉は名詞中心の言葉より分かりやすい傾向があり，また女性の言葉は日常生活などにおける話し言葉としてよく発達していることから，言葉に声と調べを取り戻すことになると考えられたのではないだろうか。

　そこで『現代俳句の鑑賞事典』（2010; 2011[2]）を開いてみると，確かに現代俳句には，かつてはあまり見られなかった動詞表現が中心になっている俳句が男性の場合を含めて多数見いだせるようになっている。そして，動詞表現が中心になると，自ずから俳句の文体はいくらか散文的になり，平易で，どこか散文の切れ端のような形になっていると見えないこともない。

　動詞表現中心と名詞表現中心ということにこだわって，現代俳句を大まかに分類して例示すると，次のようになる。

A. 動詞表現中心の俳句（女性の俳句）。

山本洋子
夕顔ほどにうつくしき猫を飼ふ

大木あまり
松風の奥に蕨を摘みにゆく
亡き人にあたらぬやうに豆を撒く
雪踏んで光源氏の猫帰る

櫂未知子
草の実はどこにも行けぬ味がする
雪まみれにもなる笑つてくれるなら

第3章　革新される俳句　　151

B. 動詞表現中心の俳句　（男性の俳句）。

川崎展宏
紫陽花のいろなき水をしたゝらす

押し合うて海を桜のこゑわたる

宮津昭彦
糸ざくら花明りまだなさず垂る

栃の実がふたつそれぞれ賢く見ゆ

大串章
青嶺あり青嶺をめざす道があり

討入りの日は家に居ることとせり

C. 名詞表現が中心の俳句　（男性にも女性にも多い）。

久保田万太郎
湯豆腐やいのちのはてのうすあかり

叱られて目をつぶる猫春隣

黒田杏子
涅槃図をあふるる月のひかりかな

花の闇お四國の闇我の闇

　　イギリスの作家ヴァージニア・ウルフによれば，優れた文芸は男女両性的なものであるという（外山（2003: 210-211））。21世紀

の現代俳句の様相は，どちらかと言えばそのような方向に向かっているように見えないだろうか。それは，現代生活の変化が無意識のうちにもたらしつつある俳句の革新のひとつのかたちであると言ってよいだろう。

さて最後に近現代俳句について述べておかねばならないこととして，1931 年から 1941 年までほぼ 10 年間続いた新興俳句運動がある。それは俳句と現実との関わり方をめぐって，ホトトギスの高浜虚子の花鳥諷詠の近代化を求める論争として始まり，作者の感情，有季・無季の問題，都市生活者の生活感情のリアリティなど多様な問題へとエスカレートしていった。ここには現代俳句革新の多様な方向を示す芽が隠れていたが，京大俳句弾圧事件をはじめとする 戦時下の言論弾圧によって抑圧されてしまった（詳しくは松井利彦 (1964)，秋元 (1972)，下重 (2013) ほかを参照）。

新興俳句の流れは幅広いものであり，日野草城，水原秋桜子，山口誓子，渡辺白泉，秋元不死男，吉岡禅寺洞，平畑静塔，西東三鬼など多くの俳人がこれに関係していた。

第 4 章

ハイクと異文化

俳句は世界でもっとも短い詩として，今日では海外でも「ハイク (Haiku)」，（中国では）「漢俳」などと呼ばれて親しまれている。

高橋揚一 (2004: 113) が述べているように，俳句や水墨画は寡黙な表現だからこそ鑑賞者の想像力を喚起するのだろう。すべてを完全に表現しようとしないで，受け手が参加せざるをえないような一種の空白部分を残しておくという知恵は，西欧化の進んでいる現代生活では忘れられがちである。

19世紀後半，浮世絵をはじめとする日本芸術が西欧近代芸術の革新に果たした役割は，「ジャポニスム」としてよく知られている。ジャポニスムは西欧の人々に自分たちとは相違する異文化からのものの見方があるということを教えたことになり，ピカソのキュービズムにとってのアフリカニズムも，当時のジャポニスムによって生じた可能性がある。特に俳句は単なる日本趣味のレベルを超えて，簡潔・直截な詩のかたちを志向し異質なイメージを重ねたり衝突させたりするその手法は，ハイクの普遍性の端緒を作ったパウンド (Ezra Pound, 1885-1972) の「イマジズム (Imagism)」，そしてエイゼンシュテイン (Sergei Mikhailovich Eisenstein, 1898-1948) の映画の「モンタージュ」理論と技法を生み出す大きな力となったものであった (磯谷 (1994: 163-166))。

アメリカやカナダでは俳句はおそらく「その短さ」によって，遅くとも1950年代末までには，学校教育の詩の入門コースに採

り入れられていたようである。近年では地球温暖化などの環境問題への関心から，エコロジーとしての自然と人間の関係に注意を向ける詩ということで，新たな関心が示されるようにもなっている。

　異文化の人々は自分たちの言葉で試行錯誤しながら，自分たちにとって必要な単純なかたちのハイクをつくり始めている。異文化においては，どのようなハイクが創られているのだろうか。異文化の中で俳句はどのように変容していくのだろうか。本章では英語俳句（ハイク）の場合を例として，その一端について見ることにしよう。

4.1.　イマジズム

　20世紀の初めの1912年頃，北アメリカでは穏やかで安らぎのある家庭生活と牧歌的な自然を詠う「ジェンティール（Genteel)」（穏やかで上品な）と呼ばれる詩風が支配的であった。しかし同じ頃，イギリスのロンドンでは，青年エズラ・パウンドを中心とする英米人の小さな詩のサークルにおいて，そのようなジェンティールな詩風に抗するような強力で自然で率直なイメージとリズムを重視する詩的表現が求められるようになっていた。

　そこではメトロノームのような機械的なリズムによって表現される弱いセンチメンタルな詩ではなく，音楽的な力強いリズムによって詠われる詩が好ましいものとして求められていた。新しい詩の運動である「イマジズム」が興ろうとしていたのである。そ

れは，間もなく，アメリカ東部のハーバード大学に波及していくことになった現代詩の運動であった。

　20世紀初めのこの「イマジズム」という重要な運動にギリシャ・ローマの短詩やフランスの象徴詩等と共にとりわけ大きな影響を与えていたのは，日本の俳句であった。次にあげるのは，英詩誌 *Poetry*（『ポエトリー』）に発表されたイマジズムの詩として有名なパウンドの作品，"In a Station of the Metro"「地下鉄の駅にて」（1913）である。

　　　The apparition of these faces in the crowd;
　　　Petals on a wet, black bough.

　　　　　　　突然現れた群衆の顔顔顔
　　　　　　黒く濡れた枝の数知れぬ花びら

ここでは詩の1行目と2行目に相互に異質なイメージを表現する言葉が並置されている。読み手はその異質な二つのイメージを単に並置されたもの，あるいは重ねられたものとして受け取ることになる。そして，そこに表された語句をどのように関係づけてどのように解釈するかということは，まったく読み手の自由に任されているのである。

　パウンドは，最初30行の詩を書いたが，その詩に十分な強さがないと思われたので，それを破棄し，半年後には初めの詩の半分の長さの詩を作り，そして1年後には「発句」のようなたった2行に圧縮された短いものを作ったのであった。「舌頭に千転せよ」という芭蕉の推敲のことばを想起させる厳しい推敲である。

そこに表現されているのは，「突然現れた群衆の顔顔顔」と「黒く濡れた枝の数知れぬ花びら」という二つの容易に結びつかない異質なイメージの衝突だけである。そこで，この詩につけられた「地下鉄の駅にて」というタイトルをコンテクストとして参照しながらアブダクション（仮説的推論）による解釈を試みると，作者パウンドも滞在したことのあるヨーロッパの大都会パリの地下鉄（Metro），そしてそのラッシュ時に瞬間的に，開いた列車のドアから見える大勢の乗客の顔，あるいはホームに降り立った大勢の乗客の顔，と雨に黒く濡れた枝（「地下鉄の列車」あるいは「プラットホーム」）に咲いた数知れぬ花びら（petals）と見まがうイメージが得られることになる。たった二つの異質なイメージを並置しただけのわずか二行に圧縮された短く強烈な類像（Icon）的メッセージは，言語以前のイメージで感性に訴える作品（イマジズムの詩）として人々を驚かせ，衝撃的な作品としてその後永く記憶されることになった。解釈の多重性も，この作品の詩的特性を強めている。

　それは，「黒く雨に濡れた枝の数知れぬ花びら」と「地下鉄のドアの開閉と共に瞬時にして見える車中の乗客の顔顔顔―あるいはドアの開閉と共に瞬時にしてプラットホームに溢れだす乗客の顔顔顔」という重ねられた断続的なイメージ（「花びら」と「顔」という切り離されたイメージ），日本語の俳句では「切れ字」によって表現される「断続性の下に隠れた連続性」を見事に英語で表現した作品となっている。俳句の「切れ字」の効果を生み出す単純な「並置」の文法によって，極度に単純化された二つの異質

なイメージの衝突を感性に訴えかける力強い作品である。

　北アメリカで俳句を書いていた人たちは，後年，イマジズムについて，パウンド等の詩人が俳句というものを「十分理解していなかったのではないか」と批判したというが，少なくともこの詩に関する限りでいえば，パウンドによる俳句の本質的な理解は驚くべきものであったというべきだろう。「言語に形象性を与えることでなく，言語を心象の段階に引き戻すこと」は芭蕉の詩学の特性であった（有馬（1991a: 120）を参照）。パウンドはどのようにしてこのような日本の俳句を知るようになったのだろうか。

　近年，木内徹（2016）によって明らかにされたところによると，当時日本とアメリカとイギリスで自由な詩的活動をしていた日本の詩人，野口米次郎（＝ヨネ・ノグチ）は，英語の俳句の創作を思いついたのみならず，英語俳句を海外に広めようとして，1904 年雑誌『リーダー』の 2 月号で俳句の歴史について略述し，自作の英語俳句を紹介していた。また彼は，1911 年 6 月 16 日付の手紙とともに，パウンドに自作の英文詩集 *The Pilgrimage*（『巡礼』（1909））を贈呈していたのであった。

　また野口はロンドン発行の（英詩革新をめざす雑誌『アカデミー』（1912 年 7 月号）に「発句」という論文を寄せ，自作の英語俳句と共に守武，芭蕉，其角，嵐雪，一茶の句の英訳を紹介していることがわかっている。外国生活が長くなっていた野口は俳句の 17 音を 16 音と誤記していたが，パウンドの初期の記述において，この誤記がそのまま踏襲されているのは，パウンドが野口からの影響を受けていたことを証拠づけるものとなっている。

また前掲の論文（木内徹（2016））によれば，1914年，野口はオクスフォード大学やロンドンの日本協会で『日本詩の精神（The Spirit of Japanese Poetry）』について講演し，それは1915年『ポエトリー』の11月号で高く評価されている。

このようにパウンドは1911年に野口の英文詩集を読み，野口のイギリスでの講演にもおそらく出席して，日本の俳句について知るようになったのではないかと考えられている。そして，そのことがパウンドの鋭い感性を通してイマジズムの始まりである「地下鉄の駅にて」を生み出すことになったのではないかと考えられている。

俳句は，今日では，英語圏の国々のほか，〈俳句〉—wikipedia によれば，スウェーデン，ドイツ，フランス，ベルギー，オランダ，クロアチア，スロベニア，セルビア，ブルガリア，ルーマニア，アルバニア，ロシア，中国，ペルー，メキシコ，アルゼンチン，ウルグアイ，コロンビア，ブラジル，インド，バングラデシュ等，世界中ほとんどあらゆるところで創られるようになっており，台湾やブラジルでは日本語の俳句も詠まれている。

しかし，多様な異文化において作られるハイクが，日本語の俳句と同じようなものでないことはいうまでもない。そこには，それぞれの地域の言語，風土，民族のものの見方などがかかわってくるからであり，日本の四季から生まれた共有度の高い「季語」が多様な移民文化から成る広大なアメリカなどの共有度の低い風土と文化に生きる人々に共有され得るはずもない。

さて，イマジズムはその後現代詩の流れに発展的変容を遂げて

俳句への関心は間もなく途絶えてしまったので，俳句についての西欧世界からの関心もなくなっていたところ，第二次世界大戦後になって，急に俳句についての関心が再び高まりを見せることになった。

　まず注目されているのは，教師として日本に来て間もなくして始まった第二次世界大戦の戦時中，敵性外人として収容されていたにもかかわらず，日本支持を表明し日本国籍を取得しようとした（が，却下された）という異色の日本文学愛好家のイギリス人ブライス（R. H. Blyth, 1898-1964）である。そして，そのブライスの著作である『禅と英文学』*Zen in English Literature and Oriental Classics*（1942），『俳句』*Haiku*（1949-52），『俳句の歴史』*History of Haiku*（1963-64）の刊行である。「俳句は禅である」とするブライスの見解は，スナイダー，ギンズバーグ等の英語圏の俳句作家に多大な影響を及ぼすことになった。芭蕉は背後に宇宙の大真理を潜ませる自然を詠んでいるが，それは彼が禅から学びとったものであると言われている（小西（1995: 112）を参照）。俳句も禅も，抽象的な観念ではなく，行為の具体性を重んずるところがある。

　ブライスは第一次世界大戦中はイギリスで良心的兵役拒否者として収監され労働に従事しており，戦後ロンドン大学で学び菜食主義者となり，その後 1925 年，日本統治下の朝鮮で京城帝国大学の助教授となり，日本語と中国語の学習を始め，妙心寺の禅師について禅を学んでいた。戦後は学習院大学の英文学科の教授となっている。日本の詩歌および禅などの日本文化についての知識

には定評があり，彼が英語圏に俳句を広めたことは，彼の最もよく知られた大きな業績となっている。

ヤスダ（Kenneth Yasuda）の *The Japanese Haiku*（1957）は，「日本語俳句の575の音数律の重要性」および「英語俳句の1行と3行の脚韻」（脚韻は英語俳句の技法としては，廃れていった）について述べたものであった。ヤスダはカリフォルニア生まれの二世で，これは東京大学に博士号取得のために提出されたものであった。

ヘンダースン（H. G. Henderson, 1889-1974）は，著書 *An Introduction to Haiku*（『俳句入門』(1958)）において芭蕉・蕪村・一茶・子規の俳句とその英訳について述べ，英語で書かれる俳句に大きな影響を与えた。彼は1968年ニューヨークに設立されたアメリカ俳句協会（The Haiku Society of America）の名誉会長をつとめた。

1974年に刊行されたフーヴェル（Cor van den Heuvel）編著の *The Haiku Anthology*（Doubleday 刊）は，アメリカとカナダの38人の厳選された本格的な作品から成る『俳句集』で，増補版が1986年に出版されている。

今日，世界の各地でそれぞれの言語文化の俳句が作られていることは，決してめずらしいことではない。しかもそれは，日本語の俳句のように多くの暗黙の約束事に縛られるところが少なく，日本語の俳句よりも気軽に作られるようになっている。このような風潮は，ともすれば難解で閉鎖的なものとして敬遠されがちな伝統的な日本の俳句が日本だけで作られ日本だけで理解されると

いうようなガラパゴス化を避けて，世界のハイクとして生き残る
ためには大切にしなければならない一つの貴重な方向ではないか
と考えられるようになっている。これは，最近まで「ハイク（俳
句）は日本人にしかわからない」ものだということが公言されて
いたことを思うと，大きな時代の変化を感じさせる動きである。

　しかしこのように述べたからと言って，伝統的な日本の俳句の
暗示的表現による洗練された味わいを否定しているのではない。
おそらく芭蕉は，古典の世界まで俳句を広げ多様な暗示的表現を
駆使することによって，俳句が一部の人達にしか理解できないよ
うな高度に暗示的な表現になっていくことを問題視していたに違
いない。それゆえにこそ，過度に古典に頼ることを避ける方向に
向かい，俗談平話を志向し，「軽み」という新しい深い境地に向
かうことによって，奥行きがありながら平易な表現による俳句を
目ざそうとしていたのではないだろうか。

4.2. モンタージュと俳句

　日本の俳句を世界の普遍性につなげることになったのは，詩人
パウンドの唱道した「イマジズム」とロシアの映画監督エイゼン
シュテインの用いた「モンタージュ」というカット（＝ショット）
の組み立て方であった。

　イマジズムとはイメージによる表現である。たとえば本書4.1
節のエズラ・パウンドの詩が例示しているように，何の説明もな
く異質なイメージが並置されるだけで，その解釈は受け取り手の

第4章　ハイクと異文化　163

自由にまかされることになるという日本の俳句の「切れ字」から示唆された断続的連続性という新しい現代詩の方法がそれであった。このイマジズムの着想において，パウンドを天啓のように襲ったという荒木田守武の俳句をここに挙げておきたいと思う。

The fallen blossom flies back to its branch: A Batterfly.
（落花枝にかへると見れば胡蝶哉）

次にあげる野口米次郎の「The fallen stars（流れ星）」は，この発句と関係づけて読むと興味深い

The fallen stars there
　　Are returning up the skies
Nay! Fireflies are they.
　　（流星の戻ると見れば蛍哉）

　エイゼンシュテインの「モンタージュ」とは，イマジズムにおいて受け取り手（受信者）の自由にまかされたイメージを，その詩作品の創造的な解釈のための第三のイメージとして構築する方法であるということもできるだろう。それは映画監督エイゼンシュテインにとっては，バラバラに撮られた「カット」をつないでひとつの作品に編集（モンタージュ）することであった。もともと「モンタージュ」というフランス語の意味は，「組み合わせて一つにする」ということである。
　モンタージュを映画の文法として理論化したのは，レフ・クレ

ショフ（Lev Kuleshov, 1899-1970）のようなロシア・フォルマリズムの人々で，彼らは本来無関係に撮られたカットを組み合わせて新しい意味（第三のイメージ）を生み出すことが出来るかどうか，その効果を見るためのいろいろな実験をしていた。

　エイゼンシュテインがモンタージュ理論の大成者であり実践者であると呼ばれているのは，彼の制作した映画『戦艦ポチョムキン』（1925）によって，モンタージュ理論が確立されたと評価されているからだろう。この作品は 1905 年に実際に起こった出来事を取り上げた共産主義イデオロギーのプロパガンダ作品で，横暴なロシア軍の軍人に対して水兵たちが反乱を起こすという筋書きである。「動画で学ぶ映画史──エイゼンシュテインのモンタージュ理論 http://d.hatena.ne.jp/helpline/20081016/p1 から以下，部分的な引用を行う。

　　動画の 6 分 20 秒の場面で，ロシア軍の上官が蛆がわいている豚肉を「洗えば食える！」と言っている。8 分 40 秒あたりから，1. 船上で仕事をする水兵たち，2.（9 分 5 秒で）シチュー，3. 作業台を降ろす水兵たち，4.（9 分 15 秒で）再びシチュー，5. 上官が作業台を視察する，6.（9 分 38 秒で）再びシチュー，7. 飯を食う兵隊たち，9. 上官を恨めしそうな顔で見る兵隊たち … と映像を繋いでいる。シチューには蛆がわいた豚肉が煮込まれているわけで，シチューの映像と水兵の映像がモンタージュされることによって，「蛆虫としての水兵」という新たな／第三の意味が表現されている。

この映画の二部では，ポチョムキン号の反乱を支持するために集まった人々がロシア軍の兵士たちに虐殺されるシーンが描かれる。「オデッサの階段」と呼ばれる有名なシーンでは，整然と行進し銃を撃つロシア軍の兵士たちと逃げまどう人々の姿が短いカットの積み重ねによって描写されている。とりわけ9分から30秒続く，撃たれた母親の手から離れた乳母車が階段を落ちていくシーンは有名である。

エイゼンシュテインのモンタージュ理論については，本書の第1章（1.5節）においてすでにやや詳しく触れたように，日本語の漢字のつくりも一つのヒントになっている。彼はパウンドと同様，漢字に強い関心を示して，日本語の通訳になることを目指して参謀本部付属学校に入学するために受験勉強をしていた。それによって1500ほどの漢字をマスターしたと言われている。そして，日と月を組み合わせると「明」，口と犬を組み合わせると「吠」という第三の新しい意味が生まれるように，言語記号を組み合わせることによってそれまでにない新しい意味が創りだされるということにヒントを得て，映像のモンタージュ理論を思いついたのであった。映像を言語と同様の記号としてとらえることによって，映画の記号論の基礎を築いたのであった。

4.3. 英語ハイク

異文化と言えば，たとえば南半球にあるニュージーランドと北

半球にある日本では，季節はほぼ正反対である。ニュージーランドでは季節の移り変わりは，春（9〜11月），夏（12〜2月），秋（3〜5月），冬（6〜8月）であり，春の季節感を表す典型的な植物は，あっという間に散ってしまう「桜」ではなく「ブルーベル」や「水仙」であり，日本では大体のところ梅雨の頃だけに咲いている「紫陽花」が，ニュージーランドでは夏から秋にかけてかなり長い間咲き続けているという。

　そうであるとすれば，当然，俳句で用いられる「季語的な言葉」も相違してくるだろう。動植物の名前だけでなく，時候，天候，行事…と生活の万端にわたって，相違するところがいろいろあるに違いない。

　日本の歳時記では，まず一年の季節が「春，夏，秋，冬，新年」に分けられ，それぞれの季節について「時候」「天文」「地理」「生活」「行事」「動物」「植物」の項目があって，各項目に関係する「季語」が記載されている。しかし南半球のオーストラリアやニュージーランドでは，どうだろうか。もし彼らの生活から生まれてくる俳句を作るのに歳時記的なものが必要ならば，彼らの手によって彼らの生活の実感が盛り込まれた季語（あるいは，季語に相当するもの）が選ばれることになるだろう。しかし，果たしてそこに日本文化と同じように季節の「移ろい」が深く関係することになるだろうか。

　日本文化ではたとえば「満月（の夜）」が「名月，満月，十五夜，望月，良夜」等と呼ばれるだけでなく，移ろいゆく月（夜）を指して，待宵（旧暦8月14日の夜，名月を明日に控えた宵），無月

（十五夜に月が見えないこと），雨月（雨で名月が見えないこと），
十六夜（旧暦8月16日の夜およびその夜の月），立待月（旧暦8
月17日の夜の月，月の出を立って待つ），居待月（旧暦8月18
日の夜の月，月の出を座して待つ），寝待月（旧暦8月19日の
月，ますます遅くなる月の出を寝ながら待つ），更待月（旧暦8
月20日の夜の月，夜の更ける頃まで待たねばならない月），宵
闇（名月の後，日毎に月の出は遅くなる，その遅い月の出るまで
の間の闇），栗名月（枝豆や栗を供えて祀る旧暦9月13日の夜の
月），星月夜（秋のよく晴れた星のきれいな新月の頃の夜）など
と，その移ろいゆく自然の姿についての思いが表される。異文化
においてもまた同じように，そのような移ろいゆく自然の姿を味
わうことが好まれるだろうか。

　異文化の人々の歳時記に「時候」「天文」というような日本の
歳時記の分類項目がそのまま役立つとすれば，そのような項目に
は文化を超えた普遍性があるということになる。しかし，そのよ
うな項目の普遍性がたとえ見いだされたとしても，各項目の内容
はかなり違ったものになるであろうことは誰にもおおよその見当
がつくだろう。

　そもそもすべての文化において，日本と同じような春夏秋冬の
四季があるのではない。フィンランドでは春と夏はほぼ同時に
やってきてすぐ過ぎ去り，冬と秋もほとんど同時にやってきて厳
しい寒さが長い間続く。ハワイでは，夏（5〜9月）と冬（10〜
4月）の二つの季節があるだけであり，冬といっても朝夕すこし
冷える程度で，摂氏27度平均の凌ぎよさである。その結果，ハ

ワイでは一年中ほとんど季節の変化を感じないような日々が続くことになる。そこでは季節の移ろいを味わうという美意識は発達しにくいことになるだろう。人々の生活と自然の付き合いには，日本の場合とどのような相違が見られることになるだろうか。彼らの生活の中で強く広く人々に共有される感情というのは，どのような事象についてのどのような感情ということになるのだろうか。

　本書の第1章および第2章で詳しく見てきたように，575のリズムに隠された八拍子の「自然の息」を基本とする俳句は，日本の風土に生きてきた人々の「自然」に密着した生活の中から長い時を経て自ずから形成されてきたかたちであった。そのような俳句に用いられる「季語」は，単純な言葉で人々の深い生活感情を暗示するかたちになっている。そして，それは生活の変化とともに，少しずつ変化していくものでもある。

　その結果，今日の伝統的な日本語俳句は，原則として次のような特徴をもっていると見做されている。

1. 原則として5音・7音・5音の三つの語句による17音の音数律からなる短詩である。
2. 原則として，句読点なしの一行連続表記である。しかし，色紙や短冊などには，数行に分かち書きされることが多い。
3. 「や，かな，けり」などの切れ字が用いられることがある。
4. 季語が用いられる。

第 4 章　ハイクと異文化　169

> 例句
> 古池や蛙飛こむ水のおと
>
> 松尾　芭蕉

　この例句によって，上記の特徴を確認すると次のようになる。

　　［上記項目 1 と 2］「古池や」（5 音），「蛙飛こむ」（7 音），「水のおと」（5 音）という三つの語句による句読点なしの表記で，原則として一行連続表記である。

　　［上記項目 3 と 4］「古池や」の「や」は切れ字である。「蛙」は春の季語である。

　今日の「英語俳句」については，日本語俳句の英訳を含めて，経験的に次の A のようなものとして暗黙のうちに受け入れられていることが多い。英語俳句が B のように定義されることは，今日では概して受け入れられていない。

A

1.　感じたままの短い詩

2.　直截で簡潔な文体。

3.　説明的あるいは概念的な表現を回避する。「概念よりもイメージ優先」の表現。

4.　通常，三行または一行で表現されることが多い。

5.　日英語ではことばの情報量が相違するので，英語の俳句は概して日本語俳句よりも少し短く表現される傾向がある。

6.　日本語俳句の「季語・切れ字・575 などの形式性」では

なく，「自然性・簡潔性などの精神性」を英語俳句に取り入れる傾向がある。

7. 創造的な組み合わせによる二つの主題の並置が好まれる傾向がある。

8. 原則として，句読点や大文字を用いない。ただし，日本語の「切れ字」は，ダッシュ（―）やコロン（：）や省略符（...）等によって表示されることが多い。

9. 自然や季節の何らかの面についての焦点化をおこなうことが多い。

10. タイトルは，原則として，付けない。

B

1. 季語を決めて，特定地域の気候を全国共通の基準として受け入れる。

2. 1行目と3行目に脚韻を踏ませる。

3. タイトルを付ける。

4. 五七五の音数律に英語の音節（シラブル）数を合わせる。

5. 行頭を常に大文字で始める。

6. （日本語の五七五を考えて）行の長さを短・長・短にそろえる。

7. 日本語の俳句の切れ字や季語の「形式」を英語俳句にそのまま採り入れる。

日本語俳句の翻訳を含めた英語ハイクの歴史を振りかえってみると，ラフカディオ・ハーン（小泉八雲，Lafcadio Hearn,

1850-1904）は一行で英訳し，チェンバレン（B. H. Chamber-lain, 1850-1916）は二行（英語の couplet）で英訳した。しかし，伝統的な英語の詩形としては一行は警句等には用いられることがあっても，詩のかたちとしては三行や二行のほうが一般的であったため，英語の詩形としては特異な一行書きよりは三行や二行で訳されるほうが少なくとも最初のうちは多かった。

　しかしアメリカの俳句協会の会長もつとめた佐藤紘彰の述べているように（佐藤紘彰（1987: 14）），日本語俳句の原文そのものに一行や三行の多様性が見られるということに注目して，原文における一行書き・二行書き・三行書きの区別を翻訳に反映するために，原文の一行書きは訳文でも一行書きに … というふうに，原文の表現の相違を訳文に忠実に表現しようとすることが好まれる場合も多くなっている。また 20 世紀後半からは，最初から一行書きの英語俳句も多く創られるようになっている。

　比較的初期の段階では，日本語の 575 の音数と同じように，英語の音節も 575 とする試みがなされたこともあったことは事実である。また初期には，英語俳句にタイトル，各行の冒頭または第一行の冒頭は大文字，そして多様な句読点が用いられることもあった（下記の例 A3 を参照）。

　今日の世界の英語俳句は，概して「感動したことについて最短の言葉で表現する詩」とのみ定義されることも多い。多様な異文化においては四季の区別もはっきりしないことが多く自然条件も異なるので，共通の季語を用いることは難しく，無季語でもよいということになっている。しかし，今日，英語ハイクにおいても

人間が生物として動植物と共有するエコロジーとしての共生関係
には，大きな関心が寄せられている。異常気象などが警鐘を鳴ら
しているように，それは人間による動植物を含む自然環境の破壊
に対する警戒ということである。核兵器による戦争もまた，自然
と生物の共生を破壊するものである。

さて，俳句の形式について言えば，日本の俳句の規則を「その
まま」言語も自然も相違する異文化に適用することには無理があ
る。世界のハイクは日本語俳句に表現されている簡素な表現を彼
ら独自の方法で共有しようとしながら，それぞれに特徴のある短
い詩というかたちをとるようになっている。その結果，英語ハイ
クについても，これまで多様なハイクのかたちが発表されてき
た。

次に引用するのは，アメリカとカナダにおける多様な英語ハイ
クの実例である。まず英語ハイクの全体を（A）「創作の英語ハ
イク」と（B）「英訳の英語ハイク」に二分した上で，各々をさら
に「一行ハイク」「二行ハイク」「三行ハイク」等に細分して例示
してみたいと思う。

A-1　創作の一行英語ハイク

acid rain less and less I am at one with nature

Marlene Mountain

［佐藤紘彰（編）（1987: 69）］

酸性雨自然は遠くなりにけり　　　［磯谷孝（訳）（1994）］

A-2　創作の二行英語ハイク

melted watch

charred wrist

Penny Harter

溶けた腕時計

焦げた手首

佐藤紘彰（訳）［佐藤紘彰（編）(1987: 139)］

A-3-1　創作の三行英語ハイク

A-3-1　575 の定型に従い，タイトルをつけ，大文字を用
いた場合（比較的初期の英語ハイクの形式）。

CRAZE

Brown shoulder tresses

Pendant beads. Stupefacient

I ask : He or She?

Sister Honora Zimmer

大流行

巻き毛垂れペンダント飾る男，女？

［佐藤紘彰（編）(1987: 48)］

A-3-2　創作の自由なかたちの三行英語ハイク

Memorial Day service—

a young man prays hard

handless

Ty Hadman

戦没者記念式典

懸命に祈る若者

手の無くて

［佐藤紘彰（編）（1987: 145）］

A-4　創作の字間あき英語ハイク

Dusk　from rock to rock a waterthrush

John Wills

夕まぐれ　　岩から岩へ水つぐみ

［佐藤紘彰（編）（1987: 89）］

A-5-1　創作の図形詩的な英語ハイク（第1例）

beneath　　　　　　腐葉土の

leaf mold　　　　　　下

stone　　　　　　いし

cool　　　　　　の下の

stone　　　　　　いし

Marlene Mountain

［佐藤紘彰（編）（1987: 88）］

第4章　ハイクと異文化　175

A-5-2　創作の図形詩的な英語ハイク（第2例）

out of fall mist　　　　　　　　秋霧の中より

　　　　　　a duck　　　　　　　　　　　　鴨の

　　　　　　　　f　　　　　　　　　　　　　　は

　　　　　　　　　e　　　　　　　　　　　　　ね

　　　　　　　a　　　　　　　　　　　　い

　　　　　　　　t　　　　　　　　　　　　　　ち

　　　　　　　h　　　　　　　　　　　　ま

　　　　　　　　e　　　　　　　　　　　　　い

　　　　　　　r

　　　　　　　　　　　　　LeRoy Gorman

　　　　　　　　　　　　［佐藤紘彰（編）（1987: 80）］

B-1　英訳の一行英語ハイク

I cough and am still alone

咳をしても一人　　　　　尾崎放哉

An old pond: a frog jumps in—the sound of water

古池や蛙飛こむ水のおと　　　松尾芭蕉

　　［この句の英訳については，非常に多数の英訳が試み
　　られている。］

　　　　　　　　　（佐藤紘彰（編）（1987: 230, 239））

B-2 英訳の二行英語ハイク

atomic bomb anniversary

a streetcar dangling countless arms

入江恭子　英訳

原爆忌市電無数の手を吊りて　　今井勲

(佐藤紘彰（編）(1987: 134))

B-3 英訳の三行英語ハイク

In cherry blossom time

Birds have two legs

Horses, four

桜咲比鳥足二本馬四本　　　　　　　　上島鬼貫

この日本語俳句について，Harold J. Isaacson (1914–74) による特別の——通常，俳句に解説はつけない人であるが——解説によれば，「この句は，桜の満開があまりにも驚くべきものなので，鳥に足が2本あり，馬に4本あるということを含め，その他のものすべても驚くべきものだということが初めて，改めて，わかる，と言っているのだというのです。悟りとは，この三昧を認識することだと言われます。」　　(佐藤紘彰（編）(1987: 118-119))

上記の A-1 に分類されている一行ハイク（Monoku）は，英語ハイクとしては1970年代末頃からよく用いられてきた形で，縦書きにすれば伝統的な日本語俳句のかたちに近い一行書きである。英語の横書き一行ハイクが一般に認められるようになったの

第4章　ハイクと異文化　177

は，自身そのような形式で俳句を創ってきた Marlene Mountain,
Hiroaki Sato（佐藤紘彰）のような人たちの影響が大きいと見な
されている。そしてその後この形式は，John Wills, M. Kettner,
Janice Bostok, Jim Kacian, Chris Gordon, Scott Metz, Stuart
Quine, John Barlow 等の多くの人々によって用いられるよう
になった（Haiku in English-Wikipedia　https://en.wikipedia.org/wiki/
Haiku_in_English を参照）。

　英語ハイクの形は，ほかにも上記に示したような多様な形があ
るが，やはり最も早くから用いられている英語ハイクの形式であ
る三行ハイクが，最も一般的な英語ハイクの形式となっているよ
うだ（関連論文として Arima（1996）を参照）。

　ほかにも A-4 に分類した字間あき英語ハイク，また A-5 に分
類した図形詩（Concrete poetry）に含まれるのではないかと
思われる Cirku（＝circle（円）＋ku（句））と呼ばれる始りも終わ
りもない「円形ハイク」，そして例えば「tundra」（ツンドラ）とい
う一語を表示するだけの「一語ハイク」等，多様な形のものが試
みられている。しかし，一語ハイクのような作品をも俳句・ハイ
クと呼ぶことができるかどうかということになると，意見の分か
れるところとなるだろう。

　今日の英語ハイクの魅力といえば，それは多様な異文化との接
触ということを抜きには考えられないだろう。自然との接点とい
う普遍性を大切にする「シンプルで自由な短い詩」という今日の
異文化における英語ハイクは，その必要性と発展的可能性という
点において明るい未来を秘めているように思われる。それは自然

への関心という点で伝統的な日本語俳句との接点を持ちながら，エコロジーとしてのすべての生命と自然とのつながりによって，どのような異文化にも必要とされる確かな普遍性を保持しているからである。

　日本の俳句の未来は，開かれた柔軟な見方によって，自然との接点を大切にしながら，他方において簡素で深い詩的表現を志向する日本の俳句を，多くの暗黙の約束事にとらわれることなく，広く世界の異文化に向かって開放していくことができるかどうかにかかっているように思われる。

あ と が き

　本書は，記号論から見た日本語日本文化と俳句の関係について
述べてみようとしたものである。

　日本語の会話で重要な意味を持つ「間」，日本語社会で好まれ
る寡黙さ，すべてを表現し尽くそうとしない「未完」志向，行間
をよみ空気をよむこと，「いただきます」「ごちそうさま」など特
定の状況ごとにきまって用いられる「定型」表現の発達，特定の
場を共有することから自然に生じてくる場のリズム，等——この
ようなことは，なぜどのようにして日本文化の中から生まれ，伝
統的な俳句の精髄となってきたのだろうか。そして俳句は今日な
ぜハイクとして装いを新たにして，新しい生命力を得て異文化に
おいても受容され，逞しく生き続けようとしているのか。

　筆者にとって言語と文化を結びつけて考える記号世界との最初
の出会いは，若き日に出会った一冊のウォーフ（B. L. Whorf）
の論文選集にあった。ウォーフは生計の道としては防火工学の技
師であったが，火災保険会社の技師としていろいろな出火原因を
調査しているうちに，人々が習慣的に用いる言葉遣いが習慣的な
ものの見方に影響を与え，さらにそれと結びついている習慣的な
行動を引き起こすことが少なくないことに気づくようになったの
であった。そのようにして習慣的な言いまわしとしての言語と習
慣的な思考と行動としての文化との間には関係があるらしいこと

179

に関心をもつことから，言語・思考・文化の関係についての研究を始めるようになった人であった。

このユニークなアメリカの言語学者ウォーフの論文では，英語と北米先住民のホピ族の言語であるホピ語の習慣的な言いまわしの相違が，個々の単語や文法という単位を超えた「言いまわし」の相違として捉えられており，また言語と非言語の別を超えて文化もまた一つの「言いまわし」として捉えられているのであるが，それは今日のことばで言えば，言語・思考・文化を記号として捉える文化記号論の見方であった。

さてもう一つ，当時は気づいていなかったが，今振り返ってみれば筆者にとって大きな恵みであったと感じられることは，神戸の親和女子大学（現在の「神戸親和女子大学」）に在職していた頃，隣の研究室におられたのが英文学者であると同時に橋閒石という俳号で俳句をつくり俳句について論じておられた橋泰来先生であったということである（先生は後年，俳句の功績によって蛇笏賞を受賞された）。先生は，連句の会をも主宰されていた。折りにふれ，同僚として日常的な英文科の仕事の端々や会議などで，先生の俳句の世界の移り香のような感じ方や発想に触れる機会に恵まれていたことは貴重な体験であった。

しかし先生の俳句や興味深い俳論を親しく知ることができるようになったのは，ずっと後になってからのことであった。その時には，先生はもはや鬼籍の人となっておられたので，それは遺された書物を通じてのことであった。いつか先生の句集を頂戴した折，心に残る雪の句があって，そのことについてなにげなくお話

あとがき　181

していたところ，思いもかけず大変およろこびいただけたことが
想い出される。思えば先生は雪の金沢のご出身であった。その頃
の先生は，もう傘寿のお年になっておられたのではなかったかと
思う。俳句との関係で日本語日本文化の簡素な自然性というと
き，先生のお作りになった句の姿や物事の捉え方が想起される。

　さて筆者の第一の専門分野が日本語ではなく英語であったため
に，そのことによって，かえって無意識のうちにいつも英語の例
から日本語日本文化へと思いがおよぶようになっていたのは興味
深いことであった。そして人生のこの夕べになってようやく時を
得て，日本語日本文化とその典型的な詩的表現である俳句につい
て，ゆっくり想いをめぐらすことができたことはほんとうに楽し
く興味深いことであった。

　これまで日本記号学会，日本エドワード・サピア協会，日本認
知言語学会等の先輩や友人，また異文化に暮らす友人知人からい
ろいろなことを学ばせていただいたことに対して，篤く御礼申し
上げたい。

　最後に，ここ数年の間，俳句結社「知音」の京都教室で俳句の
実作や句会を経験させていただいたことに対して，深く御礼を申
し上げなければならない。未熟な筆者を句会に受け入れてくだ
さって，その厳しさと楽しさの一端を体験させて下さったことに
対して，ここに篤く御礼申し上げる次第である。

　本書のテーマに関心を示されて出版をお引き受けくださったの
みならず，いろいろとお心のこもった編集で大変お世話になった
川田賢氏をはじめとする開拓社の方々に対して，ここに篤く御礼

申し上げる。

　最後に，これまで長い間，筆者の拙い仕事に共感と励ましを与え続けてもらった有馬輝臣に対して，心からの感謝をささげたいと思う。

　2018 年 7 月 30 日

有馬　道子

参 考 文 献

秋元不死男（1972）「新興俳句」『世界大百科事典』平凡社，東京.

天野みどり（2011）『日本語構文の意味と類推拡張』笠間書院，東京.

Arieti, S. (1976) *Creativity: The Magic Synthesis*, Basic Books, New York.

Arima, M. (1989) "Japanese Culture versus Schizophrenic Interpretation," *Text* 9 (3), 351-365, Mouton de Gruyter, Berlin.

有馬道子（1990）『心のかたち・文化のかたち』勁草書房，東京.

有馬道子（1991a）「詩のことば―色と形」『記号学研究 11―かたちとイメージの記号論』，日本記号学会（編）.

Arima, M. (1991b) "Creative Interpretation of the Text and the Japanese Mentality," *The Empire of Signs: Semiotic Essays on Japanese Culture*, ed. by Yoshihiko Ikegami, John Benjamins, Amsterdam/Philadelphia.

有馬道子（1995）『ことばと生命』勁草書房，東京.

Arima, M. (1996) "Japanese Haiku vs. English Haiku vs. Concrete Poetry" *Poetica* 46, 137-152, Shubun International, Tokyo.

Arima, M. (1998) "The Unmarked Unbounded Ways of Speaking and High Context Japanese: Is Japanese a Mysterious Language?" *European Journal for Semiotic Studies* 10 (3), Institute for Socio-Semiotic Studies, Wien.

Arima, M. (2009) "How We Lose Memory in Aging: A View according to the Icon/Index/Symbol Trichotomy of Signs," *Proceedings of the 9th Congress of the IASS/AIS, Acta Semiotica Fennica* XXXIV (1), 73-79, International Semiotics Institute, Imatra/Semiotic Society of Finland, Helsinki.

有馬道子（2012）『もの忘れと記憶の記号論』岩波書店，東京.

有馬道子（2014）『改訂版　パースの思想―記号論と認知言語学』岩波書

店，東京．

有馬道子（2015）『日英語と文化の記号論』開拓社，東京．

有馬道子（2017）「逸脱表現とアブダクション――日本語と俳句とコンクリート・ポエトリー――」『構文の意味と拡がり』，天野みどり・早瀬尚子（編），くろしお出版，東京．

浅沼璞（2016）『俳句・連句 REMIX』東京四季出版，東京．

Baddeley, A. (2007) *Working Memory, Thought, and Action*, Oxford University Press, Oxford.

Benedict, R. (1946) *The Chrysanthemum and the Sword.*〔長谷川松治（訳）（1967）『菊と刀』（定訳）社会思想社，東京．〕

Bernstein, B. (1970) "Social Class, Language and Socialization," *Language and Social Context*, ed. by P. P. Giglioli, Penguin Books, Harmondsworth.

Blyth, R. H. (1949-52) *Haiku*, 北星堂書店，東京．

Cowan, N. (2005) *Working Memory Capacity*, Psychology Press, New York.

Ellmann, Richard and Robert O'Clair, eds. *The Norton Anthology of Modern Poetry*, W.W. Norton & Company, New York.

復本一郎（2016）「解説」「略年譜」正岡子規『獺祭書屋俳話・芭蕉雑談』岩波書店，東京．

Giglioli, P. P., ed. (1970) *Language and Social Context*, Penguin Books, Harmondsworth.

芳賀徹（1986）『與謝蕪村の小さな世界』中央公論社，東京．

Hall, E. T. (1976) *Beyond Culture*, Anchor Press, New York.

Hall, E. T. (1983) *The Dance of Life: The Other Dimension of Life*, Anchor Press, New York.

長谷川櫂（2012）『花の歳時記』筑摩書房，東京．

長谷川櫂（2015）『芭蕉の風雅――あるいは虚と実について』筑摩書房，東京．

長谷川櫂（2017）「新しい子規像描く時」『朝日新聞』（日刊　2017年1月1日）

橋閒石（赤松勝　編）（2011）『俳句史大要』沖積舎，東京．

Henderson, H. G. (1958) *An Introduction to Haiku*, Doubleday, Anchor

Books, New York.

Heuvel, Cor van den (1974, 1986[2]) *The Haiku Anthology*, Simon and Schuster, New York.

Hinds, J. (1987) "Writer vs. Reader Responsibility: Toward a New Typology," *Writing across Languages: Analysis of L2 Text*, ed. by U. Connor and R. Kaplan, Addison Publishing, Reading, MA.

平井照敏（編）(1989, 1996[2])『改訂版　新歳時記』河出書房新社，東京.

井尻香代子（2014）「俳句の普及による価値観の変化」『京都産業大学論集　人文科学系列』第 47 号.

池上嘉彦（1981）『「する」と「なる」の言語学』大修館書店，東京.

池上嘉彦（2006）『英語の感覚・日本語の感覚』日本放送出版協会，東京.

井本農一（1972）「俳諧」『世界大百科事典』平凡社，東京.

井本農一（1972）「俳句」『世界大百科事典』平凡社，東京.

石寒太（2018）『金子兜太のことば』毎日新聞出版，東京.

磯谷孝（1994）「ロシアにおける俳句とハイク」『俳句とハイク』日本文体論学会（編），花神社，東京.

伊丹三樹彦（編）(1987)『青玄』39 巻 5 号.

伊藤晃（2014）『新しい小林一茶』審書房出版，流山，千葉.

角川学芸出版（編）(2014)『角川季寄せ』KADOKAWA，東京.

角川学芸出版（編）(2016)『合本　俳句歳時記　第 4 版』KADOKAWA，東京.

角川春樹（編）(1998)『合本　現代俳句歳時記』角川春樹事務所，東京.

河合隼雄（1985）「日本神話にみる日本人の心」『私の日本文化論 1』，ダン・ケニー（編），講談社，東京.

川本皓嗣（1991）『日本詩歌の伝統——七と五の詩学』岩波書店，東京.

川本茂雄（1985）「記号（最終講義）」『記号学研究 5——ポイエーシス：芸術の記号論』，日本記号学会（編）.

キーン，ドナルド（Donald Keene）(2011-2012)『ドナルド・キーン著作集』第 1 巻・第 4 巻，新潮社，東京.

雲英末雄・佐藤勝明（訳注）(2010)『芭蕉全句集』KADOKAWA，東京.

木内徹（2016）「野口米次郎——俳句を世界に広めた人」月刊『俳句』9 月号.

小林一茶，玉城司（訳注）(2013, 2016[2])『一茶句集』KADOKAWA，東

京.

児島照夫 (1998)「俳句現代派の文体―考察①」『青玄』3 月号.

小宮豊隆 (1948, 1963[2])『寺田寅彦随筆集』第 3 巻, 岩波書店, 東京.

小西甚一 (1995)『俳句の世界』講談社, 東京.

桑原武夫 (1968)『桑原武夫全集』第 3 巻, 朝日新聞社, 東京.

正岡子規 (1927, 1983[2])『仰臥漫録』岩波書店, 東京.

正岡子規 (1927a)『病牀六尺』岩波書店, 東京.

正岡子規 (1927b)『墨汁一滴』岩波書店, 東京.

正岡子規 (1955a)『俳諧大要』岩波書店, 東京.

正岡子規 (1955b)「俳人蕪村」『俳諧大要』岩波書店, 東京.

正岡子規 (1955c, 1983[2])『歌よみに与ふる書』岩波書店, 東京.

正岡子規, 高浜虚子 (選) (1993)『子規句集』岩波書店, 東京.

正岡子規 (2016)『獺祭書屋俳話・芭蕉雑談』岩波書店, 東京.

松井幸子 (2009)「俳句と女性」〈俳句と女性―日本ジェンダー学会―新ウェブサイト〉https://www.langgender.jp/

松井利彦 (1964)「新興俳句と花鳥諷詠論」『論究日本文学』23, 60–72.

松尾芭蕉, 今栄蔵 (校注) (1982)『芭蕉句集』新潮社, 東京.

松尾芭蕉, 雲英末雄・佐藤勝明 (訳注) (2010)『芭蕉全句集』, KADO-KAWA, 東京.

Miller, G. A. (1956) "The Magical Number Seven, Plus or Minus Two: Some Limits on Our Capacity for Processing Information," <http://www.well.com/user/smalin/miller.html> *Psychological Review* 63, 81–97.

宮坂静生 (2009)『季語の誕生』岩波書店, 東京.

三善晃 (1985)「日本音楽を間の観点で見る」『私の日本文化論 3』, ダン・ケニー (編), 講談社, 東京.

中村俊定・山下登喜子 (1976)『去来抄』(改訂増補版), 笠間書院, 東京.

西村和子 (2006)『添削で俳句入門』日本放送出版協会, 東京.

岡倉天心 (1994)『茶の本』講談社, 東京.

奥美智子 (1989)『黄心樹』(現代俳句女流シリーズ VIII-13) 牧羊社, 東京.

大倉源次郎 (2005)「能楽囃子の成立の体験的一考察」『国文学』7 月号.

大島花束 (編) (1958)『良寛全集』良寛全集刊行会, 新元社, 東京.

Peirce, Charles Sanders (1931-35) *Collected Papers* 1-6 vols., ed. by C. Hartshorne and P. Weiss, Harvard University Press, Cambridge, MA. ［米盛裕二・内田種臣・遠藤弘（編訳）（1985-1986）『パース著作集』1-3，勁草書房，東京.］

Peirce, Charles Sanders (1958) *Collected Papers* 7-8 vols., ed. by A. W. Burks, Harvard University Press, Cambridge, MA. ［内田種臣・遠藤弘（編訳）（1986）『パース著作集　2-3』勁草書房，東京.

Pound, Ezra (1913) "In a Station of the Metro," *Poetry*.

斎藤茂吉（1938）『万葉秀歌』上下巻，岩波書店，東京.

斎藤茂吉（1982）「正岡子規」『文芸読本　正岡子規』河出書房新社，東京.

坂本勝（監修）（2009）『万葉集』青春出版社，東京.

佐藤勝明（2010）「解説」『芭蕉全句集』KADOKAWA，東京.

佐藤紘彰（編著）（1987）『英語俳句——ある詩形の広がり』サイマル出版会，東京.

佐藤聰明（1987）「ときをきく」『ときをとく——時をめぐる宴』，川田順造・坂部恵（編），リブロポート，東京.

柴田宵曲（1955）「解説」『俳諧大要』岩波書店，東京.

下重暁子（2013）『この一句——108 人の俳人たち』大和書房，東京.

高浜虚子（選）（1993）『子規句集』岩波書店，東京.

高橋敏（2017）『一茶の相続争い——北国街道柏原宿訴訟始末』岩波書店，東京.

高橋揚一（2004）『デザインと記号の魔力』勁草書房，東京.

たむらちせい（2015）「伊丹三樹彦の人と作品——俳歴八十年の軌跡」『俳句』10 月号（64 巻 11 号）.

谷川敏朗（2000, 2014）『校注　良寛全句集』（新装版），春秋社，東京.

寺田寅彦（小宮豊隆 編）（1948, 1963[2]）『寺田寅彦随筆集』第 3 巻，岩波書店，東京.

東郷豊治（編著）（1963）『良寛歌集』創元社，大阪.

外山滋比古（1973）『日本語の論理』中央公論社，東京.

外山滋比古（2003）『外山滋比古著作集 6——短詩型の文学』みすず書房，東京.

坪内稔典（1993）「解説」『子規句集』岩波書店，東京.

上野さち子（1989）『女性俳句の世界』岩波書店，東京.

宇多喜代子・黒田杏子（監修）（2010, 2011²）『現代俳句の鑑賞事典』東京堂出版，東京.

鷲田清一（2016）「折々のことば」『朝日新聞』（日刊　2016 年 7 月 31 日付）

Whorf, B. L. (1956) *Language, Thought, and Reality: Selected Writings of Benjamin Lee Whorf*, ed. by J. B. Carroll, MIT Press, Cambridge, MA. [池上嘉彦（抄訳）『言語・思考・現実』講談社／有馬道子（完訳）『言語・思考・実在』南雲堂]

山本健吉（1969）『俳句の世界』講談社，東京.

山本健吉（1982）「「病牀六尺」の世界」『文芸読本　正岡子規』河出書房新社，東京.

山本健吉（1998）『定本　現代俳句』角川書店，東京.

山本健吉（2006）『芭蕉——その鑑賞と批評［新装版］』飯塚書店，東京.

柳宗悦（1986, 2000²）『茶と美』講談社，東京.

Yasuda, K. (1957) *The Japanese Haiku*, Charles E. Tuttle, Tokyo.

米盛裕二（2007）『アブダクション——仮説と発見の論理』勁草書房，東京.

与謝蕪村，玉城司（訳注）（2011, 2016⁶）『蕪村句集』KADOKAWA，東京.

吉野秀雄（1951）「正岡子規五十年忌に因んで」『文芸読本　正岡子規』（1982: 41-43）河出書房新社，東京.

「朝日俳壇」『朝日新聞』（日刊　2017 年 6 月 5 日付）

「俳句の謎——近代から現代まで」『國文学』二月臨時増刊号（1996）学燈社.

松岡正剛，千夜千冊（850 夜）

「口語と文語、混じりあっていていいのか／天地わたるブログ」
　　　　<weekly-haiku.blogspot.jp/2013/12/blog-post_15.htm1>
　　　　<http://wataruzukyeen.jugem.jp/?eid=455>

「週刊俳句」Haiku Weekly: 再説「俳句の文語（前編）」
　　　　<http://weekly-haiku.blogspot.jp/2013/12/blog-post_7.html>

「週刊俳句」Haiku Weekly: 再説「俳句の文語（後編）」

<http://weekly-haiku.blogspot.jp/2013/12/blog-post_15.html>

「俳句と文語（1）文語俳句と口語俳句」

    <http://blog.zaq.ne.jp/cherryblossoms/article/31/>

動画で学ぶ映画史——エイゼンシュテインのモンタージュ理論

    <http://d.hatena.ne.jp/helpline/20081016/p1>

「謡曲の拍子とは——謡曲の基礎」

    <http://youkyoku.net/kiso_hyoushi.html>

自由律俳句　<https://ja.wikiprdia.org/wiki/>

George, Bererley (2015) "Haiku & the Seasons"

    <http://www.poetry society. org.nz/node/366>

    <https://poetrysociety.org.nz/affiliates/haiku-nz/nz-haiku-showcase/
history-of-haiku-in...>　16/02/2017.

Haiku in English：Wikipedia

    <https://en.wikipedia.org/wiki/Haiku_in_English>

索　引

1.　事項，人名に分け，それぞれ五十音順に並べている。
2.　数字はページ数を示す。

事　項

［あ行］

挨拶　14, 24
挙句　52, 59-60
アブダクション　25, 30-35, 66-
　67, 111, 157
甘え　35
暗示的　22-25, 66
息（のリズム）　45-48, 63, 64, 67,
　168
生け花　8, 23
異文化　165-178
イマジズム　154-163
有心連歌　53
映画　25-26, 162-165
英語　18-20
英語ハイク　165-178
エコロジー　155, 172, 178
演繹　31
「おくのほそ道」113
オーストラリア　166

「オデッサの階段」　165
思いやり　35, 43-44
音数律　63-64

［か行］

革新される俳句　105-152
拡張的推論　34
片歌　50
花鳥諷詠　152
歌舞伎の「見得」　25
我慢　40-41
寡黙　11, 24, 35
軽み　114
感覚的表現　124
漢字　25, 165
感情的推論　66
間接性　21-25
漢俳　154
聞き手責任　34
季語　70-83, 159, 168
　季重なり　77-78
　季語が動く　79

季語と季節　76
季語と暦　79-80
季語と約束事　70-83
季語のつき過ぎ　77
季語の変形　79
季語の本意　75-76
空想的な季語　80
短縮表現としての季語　81
間違いやすい季語　79
難しい漢字の季語　81
奇数　21, 22
季節の「移ろい」　166, 168
帰納　31
規範　37, 40, 43
共感覚　120
京大俳句弾圧事件　152
季寄せ　74
切れ字　27, 83-89
芸事　100
鶏頭論争　134
ゲゼルシャフト　36-37
結社と句会など　95-103
ゲマインシャフト　36
言語記号　2-3
現代俳句　147-152
元禄の四俳女　147
心の誠　133
５７５の定型と「間」のリズム
　28, 37-40, 50-52, 60-69
５７調　50ff.
古事記　61-63
枯淡　10
古典の知識　116

古典離れの系譜　115-116, 133,
　147
コード　37
言葉遊び　58
詞の俳諧　108, 140
コンテクスト依存性　29, 34, 35-
　48, 102

[さ行]

歳時記　71-75, 77, 82, 166-167
察する力・感じとる力　35
寂　55
字余り　64, 68
自己主張　33
自然　17, 67, 168
自然性　4-9
７５調　50ff.
写生　134, 135, 146
ジャポニスム　154
自由律　69, 102
17音　58
蕉風　55, 114
女性と現代俳句　147-152
しをり　55
新興俳句運動　152
消極的・否定的　11, 14-15
詳細コード　37
推論　31-35
制限コード　37
旋頭歌　56, 61
禅　160
『戦艦ポチョムキン』　164

索引　193

線的言語　→ 線的論理
線的論理　29
川柳　58-59
創造的推論　31
俗談平話　112, 117

[た行]

台所雑詠　148
多義性　15-20
短歌　50, 56, 61
談林　55
チャンク　63
長歌　50, 56, 61
月並み調　144
包む　24
定型　24, 28, 37-41
貞門　55
点的言語　→ 点的論理
点的論理　25-29, 32
点取俳諧　117
動詞表現中心の俳句　150-151
討論　33

[な行]

「なる」　8-9, 19
日本語　16-20, 28-30, 32-35
日本語・日本文化　1-48
日本文化の定型　37-40
日本民族芸術　58
ニュージーランド　166
能　45, 63

[は行]

俳諧　54
誹諧　54
俳諧の誠　112
俳諧連歌　53
俳句革新　52, 58, 137
ハイク（と異文化）　153-178
俳句と「日本語・日本文化」
　49-103
俳句分類　135, 143
儚さ　9-11
8拍子　48, 63-64, 67
発見の論理　31
話し手責任　34
ハワイ　167
非対称　21-23
否定的　11, 14-15
フィンランド　167
風雅の俳諧　140
風雅の誠　112
不易流行　113
婦人十句集　148
仏足石歌　50, 52
文化の記号　2
文語と歴史的仮名遣い　89-95
文楽　45-46
邦楽　45-47
細み　55
発句　51, 53, 59-60, 62, 134
本意，対象の　76, 112
本連歌　53

［ま行］

間　21, 23, 45-48, 60-69
誠の俳諧　108, 140
万葉集　61-62
未完性　21-24
民芸　100
無季　102, 108, 152
無常　9-15
無心連歌　53
無標　15-20, 47
名詞表現が中心の俳句　151
メタファー　3
メトニミー　3
モンタージュ　25-28, 66-67, 162-
　165

［や行］

矢数俳諧　133
有季定型　101
幽玄　9-11, 55
有標性　15-20
抑制　40-42

［ら行］

良寛禅師戒語　11-14
歴史的仮名遣い　89-95
連歌　51-60, 134
連句　59, 62, 74
ロシア・フォルマリズム　164

［わ行］

ワーキング・メモリー　63

人　名

秋元不死男　152, 179
浅沼璞　59-60, 180
阿部みどり女　148
天野みどり　34, 179
荒木田守武　53, 158
有馬道子　20, 35, 48, 158, 177
池大雅　118
池上嘉彦　3, 9
磯谷孝　154, 172, 181
伊丹三樹彦　69
一茶　→ 小林一茶
伊藤晃　125, 132-133, 181
井原西鶴　132-133
上島鬼貫　176
エイゼンシュテイン（S. M.
　Eisenstein）　25-27, 154, 162-
　165
大須賀乙字　74
尾崎放哉　69
各務支考　115
河東碧梧桐　134, 136-137
加賀千代（千代女）　147
かな女　→ 長谷川かな女
川本皓嗣　64
川本茂雄　48, 181
木内徹　158-159, 181

索 引　195

其角　→宝井其角

几董　→高井几董

虚子　→高浜虚子

許六　→森川許六

キーン（D. Keene）　22, 57, 113,
　181

九鬼周造　22

黒柳召波　119

元禄の四俳女（捨女，智月，園女，
　秋色）　147

小泉八雲　→ラフカディオ・ハー
　ン

小西甚一　117, 160, 181

小林一茶　57, 88, 124-133, 158,
　181

西鶴　→井原西鶴

西東三鬼　152

斎藤茂吉　134, 183

佐藤聡明　47

佐藤紘彰　171-176, 183

里村紹巴　75

山頭火　→種田山頭火

子規　→正岡子規

しづの女　→竹下しづの女

下重暁子　152, 183

秋桜子　→水原秋桜子

召波　→黒柳召波

紹巴　→里村紹巴

杉田久女　148

杉山杉風　115

誓子　→山口誓子

静塔　→平畑静塔

禅寺洞　→吉岡禅寺洞

宗鑑　→山崎宗鑑

草城　→日野草城

漱石　→夏目漱石

素堂　→山口素堂

高井几董　119

高橋揚一　154

高浜虚子　134, 136, 137, 148, 152,
　183

宝井其角　114, 158

竹下しづの女　148

種田山頭火　69

チェンバレン（B. H.
　Chamberlain）　171

汀女　→中村汀女

寺田寅彦　26-27, 183

外山滋比古　149, 183

内藤鳴雪　135

中村汀女　148

中村不折　136

夏目成美　127

夏目漱石　136

西村和子　78, 91-92, 182

西山宗因　54

野口米次郎（ヨネ・ノグチ）
　158-159, 163

野沢凡兆　89, 115

ハインズ（J. Hinds）　34

パウンド（E. Pound）　155-159,
　162-163

白泉　→渡辺白泉

橋間石　50, 51, 53, 55, 58, 68, 84,
　88, 115, 117, 118, 125-127, 180

橋本多佳子　148

芭蕉 → 松尾芭蕉
巴人 → 早野巴人
パース（C. S. Peirce） 30, 31, 182, 183
長谷川櫂 115, 116
長谷川かな女 148
服部嵐雪 88, 114, 116, 158
早野巴人 115, 118
ハーン，ラフカディオ（L. Hearn） 170
バーンスタイン（B. Bernstein） 37
久女 → 杉田久女
日野草城 152
平畑静塔 152
蕪村 → 与謝蕪村
フーヴェル（Cor van den Heuvel） 161, 180
復本一郎 180
ブライス（R. H. Blyth） 160, 180
碧梧桐 → 河東碧梧桐
ヘンダースン（H. G. Henderson） 161
放哉 → 尾崎放哉
星野立子 148
ホール（E. Hall） 37, 180
凡兆 → 野沢凡兆
正岡子規 51, 57-58, 89, 133-147, 182

松井利彦 152
松井幸子 148
松尾芭蕉 28, 55-58, 68, 76, 84-89, 108-117, 124, 130-132, 135, 137-144, 158, 160, 162, 169, 182
　　第二の芭蕉 135
　　「桃青霊神」 130
　　芭蕉崇拝 135
　　松尾芭蕉の門下生 114-116
松永貞徳 54
水原秋桜子 152
みどり女 → 阿部みどり女
向井去来 114
鳴雪 → 内藤鳴雪
森無黄 74
森川許六 113, 115
守武 → 荒木田守武
ヤスダ（Kenneth Yasuda） 161
山口誓子 152
山口素堂 89, 115, 116
山崎宗鑑 53, 54
与謝蕪村 88, 117-124
吉岡禅寺洞 152
吉野秀雄 146
嵐雪 → 服部嵐雪
リュウェ，ニコラ（Nicolas Ruwet） 48
良寛 52, 55-56
渡辺白泉 152

有馬　道子　（ありま　みちこ）

　1941 年，大阪生まれ。大阪市立大学文学部，大阪市立大学大学院文学研究科修士課程修了。武庫川女子大学・短期大学，親和女子大学，光華女子大学，京都女子大学を歴任，2014 年退職。研究領域は英語学・一般言語学・記号論。現在（2018 年），日本記号学会および日本エドワード・サピア協会理事。
　著書：『記号の呪縛―テクストの解釈と分裂病』（勁草書房，1986），『心のかたち・文化のかたち』（勁草書房，1990），『ことばと生命』（勁草書房，1995），『もの忘れと記憶の記号論』（岩波書店，2012），『改訂版　パースの思想―記号論と認知言語学』（岩波書店，2014），『日英語と文化の記号論』（開拓社，2015）など。共編著：『現代言語学の潮流』（山梨正明と共編）（勁草書房，2003）など。訳書：B. L. ウォーフ『［完訳］言語・思考・実在―ベンジャミン・リー・ウォーフ論文選集』（南雲堂，1978），J. M. ペン『言語の相対性について』（大修館書店，1980），E. H. レネバーグ編『言語と人間科学』（南雲堂，1985），J. ブレント『パースの生涯』（新書館，2004），I. ムラデノフ『パースから読むメタファーと記憶』（勁草書房，2012），など。その他，論文多数。

記号論から見た俳句　　　　　　　　　　　　＜開拓社　言語・文化選書 78＞

2018 年 10 月 23 日　　第 1 版第 1 刷発行

著作者　　有 馬 道 子
発行者　　武 村 哲 司
印刷所　　日之出印刷株式会社

　　　　　　　　　　　　　　　　　　　〒113-0023 東京都文京区向丘 1-5-2
発行所　　株式会社　開 拓 社　　　　電話　（03）5842-8900（代表）
　　　　　　　　　　　　　　　　　　　振替　00160-8-39587
　　　　　　　　　　　　　　　　　　　http://www.kaitakusha.co.jp

Ⓒ 2018 Michiko Arima　　　　　　　ISBN978-4-7589-2578-5　C1381

JCOPY　＜出版者著作権管理機構 委託出版物＞
本書の無断複製は著作権法上での例外を除き禁じられています。複製される場合は，そのつど事前に，出版者著作権管理機構（電話 03-3513-6969, FAX 03-3513-6979, e-mail: info@jcopy.or.jp）の許諾を受けてください。